LA LITTÉRATURE FRANÇAISE

CHRISTIAN BOBIN

LE TRÈS-BAS

1984BOOKS

지극히 낮으신

크리스티앙 보뱅 지음 • 이창실 옮김

11p   답변이 불가능한 질문 하나
Une question qui désespère de sa réponse

25p   사실 성인은 존재하지 않는다
D'ailleurs il n'y a pas de saints

39p   달콤한 무無
Douceur du néant

51p   일각수, 불도마뱀, 귀뚜라미
Licorne, salamandre et grillon

63p   그림자로 가득한 몇 마디 말
Quelques mots pleins d'ombre

77p   보세요, 전 떠납니다
Regarde-moi, je vais partir

93p   사천 살, 그리고 먼지
Quatre mille ans et des poussières

107p   내 형제 당나귀
Mon frère l'âne

121p   여자들의 진영, 하느님의 웃음
Le camp des femmes, le rire du Dieu

133p   노쇠한 하느님
Cette vieillerie de Dieu

145p   당신들은 저를 사랑한다 말하면서
제 마음을 슬프게 합니다
Vous dites m'aimer et vous m'assombrissez

161p   추한 이미지, 거룩한 이미지
Image sale, image sainte

169p   역자 후기
성 프란체스코, 가난한 자의 얼굴

잉크로 쓰인 모든 길을 웃음으로 해방시킨

지슬렌 마리옹에게

답변이 불가능한 질문 하나

Une question qui désespère de sa réponse

아이는 천사와 함께 떠났고, 개가 그 뒤를 따라갔다.

이것은 성서에 나오는 문장이다. 성서의 〈토비트서〉에 나오는 한 문장이다. 성서는 수많은 책으로 이루어진 하나의 책이다. 책마다 수많은 문장이 들어 있고, 각각의 문장은 별과 올리브나무, 샘, 작은 당나귀, 무화과나무, 보리밭, 물고기로 넘쳐 난다. 그리고 바람이 분다. 사방에서 바람이 분다. 연보랏빛 저녁 바람, 분홍빛 아침 산들바람, 으르렁대는 시커먼 돌풍.

오늘의 책들은 종이로 되어 있다. 어제의 책들은 가죽이었다. 성서는 공기로 이루어진 유일한 책, 잉크와 바람의 범람이다. 의미를 종잡을 수 없는 이상한 책이다. 바람이 슈퍼마켓 주차장에서, 여인의 머리카락 속

---

* 토비트 6:1

에서, 아이들의 눈 안에서 길을 잃듯, 페이지들 속에서 길을 잃은 의미. 이 책을 양손에 차분히 들고서 얌전하고 느긋한 자세로 읽어 내려갈 순 없다. 책은 곧장 날아올라 자신이 담고 있는 글귀들을 읽는 이의 손가락 사이로 모래알처럼 흩뿌려 놓고 말 것이다. 우리는 두 손 안에 바람을 쥐고 지체 없이 멈추어 선다. 그리고 사랑이 시작될 때처럼 말한다. 난 여기서 멈출 거야. 이제 모든 걸 얻었으니까. 마침내 올 것이 오고 만 거야. 그러니 여기서 멈추어야지. 이 첫 미소와 첫 만남, 우연히 마주친 첫 글귀에서.

아이는 천사와 함께 떠났고, 개가 그 뒤를 따라갔다.

이 문장은 아시시의 프란체스코에게 딱 들어맞는다. 우린 그에 대해 별로 아는 게 없지만, 그것이 오히려 다행이다. 누군가에 대해 안다고 하는 것이 그 사람을 알 수 없게 만들어 버리니까. 자신이 무슨 말을 하는지 안다고 믿으며 그 사람에 대해 말함으로써 그의 참모습을 놓치기 일쑤니까. 예를 들어 '아시시의 성 프란체스코'라고 말한다고 하자. 우리는 언어의 잠에서 깨어나지 않은 채 몽유병자처럼 말한다. 말을 한다기보다 말이 저절로 나온다. 말들이 나오도록 내버려 둔다. 이 말들은 우리가 살아가는 질서, 즉 거짓과 죽음, 사회 생활의 질서와는 다른 질서에서 온다. 일상의 삶에서 진정한 말들이 오가기란 아주 어렵다. 그런 말들은 몹시 드물다. 어쩌면 사랑에 빠지고 나서야 마침내 우리는 말을 하기 시작하는지도 모른다. 어쩌면 어떤 책의 페이지를 여는 순간 비로소 듣기 시작하는 건지도.

아이는 천사와 함께 떠났고, 개가 그 뒤를 따라갔다.

이 문장에선 천사도 아이도 보이지 않는다. 단지 개만 보인다. 우리는 이 개의 유쾌한 기분을 짐작해 볼 수 있다. 그가 눈에 띄지 않는 두 존재를 따라가는 모습이 보인다. 아이는 무사태평으로 인해, 천사는 단순함으로 인해, 우리의 눈에 띄지 않는다. 그러나 개의 모습은 보인다. 그는 뒤처져 다른 두 존재를 쫓아간다. 그 둘의 자취를 쫓다가 가끔씩 늑장을 부려 풀밭 위를 헤매고, 쇠물닭이나 여우 앞에서 꼼짝 않고 멈춰 서기도 한다. 그러다 앞서가는 두 존재를 단숨에 따라잡아 아이와 천사 뒤에 바싹 붙어서 간다. 방랑벽이 있는 그는 장난기가 가득하다. 아이와 천사는 함께 나란히 걸어 간다. 아이가 천사의 손을 잡고 있는지도 모른다. 가시적 세계를 대낮의 장님처럼 다니는 천사가 너무 불편해하지 않도록 길을 안내하기 위해서. 아이가 노래를 흥얼대며 머릿속에 떠오르는 생각들을 이야기하면 천사는 미소 지으며 동의한다. 그러는 동안 개는 이 둘의 뒤를, 때론 오른편에서 때론 왼편에서 쉬지 않고 따라간다. 성서에 나오는 개다. 성서에는 개가 많이 나오지 않는다. 고래나 어린양, 새, 뱀이 종종 등장하지만 개는 아주 드물다. 다리를 끌며 두 주인을, 그러니까 아이와 천사, 웃음과 침묵, 장난기와 우아함을 쫓아가는 이 개는 우리가 아는 성서의 유일한 개이기도 하다. 아시시의 프란체스코가 이 개다.

답변을 찾을 수 없는 질문이다. 답변을 단념한 질문. 파리가 창유리에 부딪듯 관자놀이 아래로 질문이 와 부딪는다. 탁 트인 경관 같은 답변을 찾을 때까지. 어린아이의 질문이다. 한 줌의 푸른 하늘, 감당하기 벅찬 침묵 속에서 뒤척이는 영혼이 제기하는 질문. "언제나 이곳에 있지는 않았던 나. 나는 어디에서 온 걸까? 아직 태어나지 않았을 때 나는 어디에 있었을까?" 우리 시대는 그 어느 때보다 간략한 답변을 마련해 두고 있다. "넌 네 아버지와 어머니의 짝짓기에서 온 거야. 몇 번의 한숨과 약간의 쾌락이 가져다 준 산물이지. 이런 한숨과 쾌락마저도 꼭 필요한 건 아니야. 오늘날엔 시험관 하나면 족하니까." 이것이 가장 현대적인 답변이다. 다시 말해 우리는 정자와 난자로부터 온 것이다. 이 세상을 살펴볼 필요도 없다. 저세상이 없듯 이 세상도 없으니까. 우리는 물질의 자발적 도약에 불과하며, 제자리로 돌아오고야 마는 무無가 지나는 먼 길이다. 그러나 아시시의 프란체스코가 살던 13세기엔 답변이 더 길었다. 호기심을 해소하기엔 마찬가지로 역부족이었지만 그래도 답변은 훨씬 더 길었다. 13세기의 사람들은 하느님으로부터 와서 하느님에게로 돌아갔다. 답변은 온전히 성서 안에 존재했으며 성서와 혼연일체를 이루었다. 수천 페이지에 이르는 답변이었다. 아니, 답변은 성서 안에 있었다기보다, 답변을 찾기 위해 성서를 읽는 사람의 마음속에 존재했다. 자신이 읽은 것을 일상의 삶에 들여놓음으로써만 제대로 읽은 것이

였다. 답변은 읽는 것이 아니라 느끼는 것이었다. 몸과 정신과 영혼으로 느끼는 것이었다. 그것은 교사의 답변이 아니었다. 교사는 자신이 책 속에서 찾은 말들을 다른 사람에게 가르치는 사람이다. 하지만 공기로 된 책 속의 말들을 배울 수는 없다. 우리는 거기서 때때로 상쾌함을 맛본다. "네가 태어나기도 전에 나는 너를 사랑했다. 이 세상이 끝난 뒤에도 나는 너를 사랑하겠다. 나는 너를 영원토록 사랑한다." 우리는 한 줄기 숨결과도 같은 이 말에 소스라치듯 놀란다.

어머니의 배 속에서 황홀한 잠에 혼곤히 취해 있기 전 아시시의 프란체스코는 이 말 속에 잠겨 있었다. 궤 깊숙한 곳에 숨겨 둔 금처럼 성서 속에 가두어 둔 말이다. 그러다 노동과 휴식의 몸짓이나 다양한 축제의 순간에 풀려나는 말. 그 말은 땅의 굴곡들과 헛간의 가축들이 내뿜는 숨결, 두툼한 빵의 맛으로 스며들었다. 그렇다면 이 말은 성서 속에 있기 전 어디에 있었던 걸까? 어디에서 온 것일까? 그것은 빈 땅과 빈 마음들 위를 떠돌았으며, 바람과 함께 사막을 배회하고 있었다. 맨 처음 존재했고, 언제나 그곳에 있었다. 사랑의 말은 만물에 앞서 존재했고, 사랑보다도 먼저 존재했다. 처

음엔 오직 그것뿐, 말 없는 목소리뿐이었다. 서로의 입
김이 뒤섞인 채 엉겨 있는 하느님과 아시시의 프란체
스코, 토비트의 개, 그들을 감싸는 황금 숨결뿐이었다.

　　나는 너를 사랑했다. 나는 너를 사랑한다. 나는 너
를 사랑하겠다. 몸이 태어나는 것만으론 충분하지 않
다. 이 말 역시 함께해야 한다. 먼 곳에서 온 말, 머나먼
푸른 하늘로부터 온 이 말이 살아 있는 사람을 뚫고 들
어간다. 순수한 사랑의 지하수처럼 살아 있는 사람의
몸속에 흐른다. 반드시 성서를 알아야 이 말을 들을 수
있는 건 아니다. 하느님을 믿어야만 그 숨결로부터 생
기를 부여받는 것도 아니다. 성서의 매 페이지에 배어
있는 이 말은 나무 이파리나 동물의 털에도, 대기 속을
날아다니는 각각의 먼지 알갱이에도 배어 있다. 물질
의 원천, 최종적인 핵심, 최정상은 물질이 아니라 이 말
이다. 나는 너를 사랑한다. 영원한 사랑으로 너를 사랑
하며, 영원토록 너 – 먼지, 짐승, 사람 – 를 향해 돌아서
있다. 이 말은 요람 위에서 떠돌기 전에, 어머니들의 입
술에서 춤추기도 전에, 목소리들을 – 한 시대의 획을
그으며 그것에 톤과 색조를 부여하는 목소리들을 – 헤

17

치고 나아간다. 전쟁과 거래의 말들. 영광과 파멸의 말
들. 귀머거리의 말들. 그 사이 측면에서, 밑에서, 위에서
영혼의 바람이 분다. 들뜬 웅성임, 붉은 핏속에서 윙윙
대는 소리. 나는 너를 사랑한다. 네가 태어나기 훨씬 전
부터, 이 세상이 끝난 훨씬 뒤에도, 나는 영원토록 너를
사랑한다. 아시시의 프란체스코는 바로 그곳에서 온
다. 우리가 잠자리 깊숙이 아름다운 여인의 품속으로
돌아오듯, 그는 그곳에서 와서 그곳으로 돌아간다.

 그러나 좀 더 가까이 다가가 창밖 세상의 소리에
귀 기울여 보자. 금화가 쩔렁대는 소리, 칼이 부딪는 소
리, 기도 소리. 무겁게 드리워진 휘장 뒤에서 돈을 세는
사람들, 자신들의 성 깊숙한 곳에서 검은 포도주를 주
조하는 사람들, 천사들의 레이스 밑에서 웅얼대는 사
람들. 상인, 전사, 사제. 이 셋이 13세기를 서로 나누어
갖는다. 그리고 또 한 계층이 있다. 어둠 속에 묻힌 이
계층은 자신 안에 너무도 물러나 있어 어떤 빛도 그들
을 찾아낼 수 없다. 그건 다른 셋의 근간을 이루는 질
료와도 같다. 상인들은 필요한 노동력을 거기서 얻는
다. 전사들은 군대의 쇄신을 위한 인력을 거기서 찾는

다. 사제들은 자신들의 입맛에 맞는 영혼들이 거기에 있음을 감지한다. 이 셋은 노동의 대가로 무언가를 기대한다. 부, 영광, 구원. 하지만 앞서 말한 계층은 아무것도 – 시간의 경과나 고통의 진정조차 – 바라지 않는다. 가난한 사람들의 계층이다. 13세기뿐 아니라 20세기에도 존재하는 그들은 시대를 막론하고 언제나 존재한다. 하느님만큼이나 늙고 말이 없는 계층. 하느님만큼이나 노쇠와 침묵 속에 길을 잃은 자들. 이 계층이 아시시의 프란체스코에게 진정한 얼굴을 부여하게 된다. 교회 목재 조각상들의 얼굴보다 훨씬 아름다우며, 위대한 화가들이 그린 얼굴보다 훨씬 순결한 얼굴이다. 가난한 사람의 단순한 얼굴. 가난한 사람, 바보, 거지의 초라한 얼굴.

1182년 가을, 이탈리아. 수세기의 심부로부터 솟아난 한 문장이 대기 중에 맴돌다 아시시라는 고장의 한 집 위에서 잠시 멈추는가 싶더니 요람 안에 잠들어 있는 갓난아이에게로 내려앉는다. 아무 소리도 들리지 않는다. 겉보기에 변한 건 아무것도 없다. 걱정하는 사람도 없었고, 무언가를 본 사람도 없었다. 아기도 깨지 않았다. 큰 사건은 언제나 잠에서 시작된다. 큰 사건은 언제나 가장 사소한 부분에서 시작된다. 삶에서 사건을 찾아보기란 좀처럼 쉽지 않다. 전쟁이나 축제나 시끌벅적한 소리를 내는 것들은 무엇 하나 사건이 아니다. 사건이란 한 사람의 삶에 닥치는 '생명'을 말한다. 그것은 예고 없이, 눈부신 광채도 없이 닥친다. 사건은 요람의 모습을 띤다. 힘없고 평범한 요람을 닮아 있다. 사건이란 생명의 요람이다. 우리는 그것의 도래를 절대로 목격할 수 없다. '비가시적인 것'과 자리를 같이할 수는 없다. 나중에야, 훨씬 뒤에 이르러서야, 무슨 일이 일어났다는 걸 짐작한다.

아이와 천사는 아시시에서 멀어져 갔지만 아무도 그걸 눈치 채지 못한다. 개가 그들을 쫓고 있었다. 세 발자국 뒤에서.

갓난아이가 잠을 자다 한숨을 쉰다.

사실 성인은 존재하지 않는다

D'ailleurs il n'y a pas de saints

그녀는 아름답다. 아니, 아름다움 이상이다. 그녀는 더없이 부드러운 새벽빛을 띤 생명 자체다. 우리는 그녀를 알지 못한다. 그녀의 초상화 한 점도 본 적이 없다. 그러나 그 아름다움에 대하여는 의심의 여지가 없다. 요람 위로 몸을 숙이거나 어린 프란체스코에게 다가가 그 숨소리에 귀 기울일 때 그녀의 어깨 위로 떨어지는 빛. 아직은 프란체스코라 불리지 않는 아이는 쭈글쭈글한 작은 분홍색 살덩이에 지나지 않는다. 새끼 고양이나 딸기나무보다 더 헐벗은 사람의 새끼. 이처럼 헐벗은 아이를 입히기 위해 스스로 옷을 벗는 이 사랑 때문에 그녀는 아름답다. 아이의 방으로 가기 위해 매번 피로를 뛰어넘을 수 있기에 그녀는 아름답다. 어머니들은 모두 이런 아름다움을 지녔다. 모두 이런 정확성과 진실성, 성스러움을 지녔다. 하느님 – 자신의 영원한 나무 아래 홀로 계신 존재 - 조차 질투가 나지 않을 수 없는 이런 우아함을 모든 어머니가 지니고 있다. 그렇다, 이런 사랑의 옷을 입은 모습으로만 우리는 그녀를 상상할 수 있다. 어머니들의 아름다움은 자연의 영광을 무한히 초월한다. 상상을 넘어서는 아름다움이다. 아이의 움직임 하나하나를 주시하는 그녀를 두곤 이런 아름다움밖에 상상할 수 없다. 그리스도는 한 번도 아름다움에 대해 말한 적이 없다. 사랑이라는 그 진짜 이름으로 오로지 아름다움을 벗 삼을 뿐이다. 아름다움은 사랑으로부터 온다. 낮이 해에서 오고, 해가 하느님에게서 오며, 하느님이 출산으로 기진맥진한 여인에게서 오듯.

아버지들은 전쟁을 하러 가고, 사무실에 나가고, 계약을 맺는다. 아버지들은 사회를 떠맡는다. 그것이 그들의 임무며 중요한 과업이다. 아이 앞에서 아버지는 자신을 넘어서는 다른 무언가를 상징하는 존재다. 법, 이성, 경험 등, 자신이 상징하는 것을 믿는 존재다. 아버지는 사회를 상징한다. 그러나 어머니는 아이 앞에서 아무것도 상징하지 않는다. 그녀는 아이와 마주 보고 있는 게 아니라, 아이의 주변에, 내부에, 바깥에, 도처에 존재한다. 그녀는 아이를 안아 들어 올려 영원한 생명에 내놓는다. 어머니들은 하느님을 떠맡는다. 이것이 그들의 열정이자 유일한 과업이며, 이렇게 해서 그들은 스스로를 상실함과 동시에 축성祝聖한다. 아버지가 된다는 건 아버지의 역할을 감당한다는 것이다. 그러나 어머니가 된다는 건 절대적인 신비에 속한다. 그 무엇과도 화해할 수 없는 신비, 그 무엇에도 비견될 수 없는 절대적인 무엇이다. 불가능하지만 완수되는 과업, 나쁜 어머니들조차 이루어 내는 과업이다. 나쁜 어머니들조차 이 절대적인 무언가에 근접해 하느님과 친교를 나눈다. 아버지들은 자신의 직무를 잘 이행하고 지위에 맞게 처신하려는 욕구 때문에 길을 잃어 결코 이해할 수 없는 관계다. 반면 어머니들은 지위도, 직무도 없다. 어머니들은 자신의 아이들과 동시에 태어난다. 아버지들처럼 아이를 앞서는 일도 – 경험을 근거 삼아, 혹은 사회에서 수없이 연출되어 온 코미디를 근거 삼아 – 없다. 어머니들은 살아가며 그들의 아이와 동시에 성장한다. 아이들이 태어나는 순간 하느님과 동등해지는 것처럼, 어머니들 역시 단번에 모든 것이 충족된 상태로, 무엇이 자신들을 충족시키는지 전혀 모르는 채, 삶의 가장 신성한 영역에 발을 들여놓는다.

순수한 아름다움이 모두 사랑에서 비롯된다면, 사랑은 어디에서 오는 걸까? 사랑은 어떤 질료로 이루어지며, 사랑의 초자연성은 어떤 본성으로 이루어지는 걸까? 아름다움은 사랑에서 온다. 사랑은 관심에서 온다. 단순한 것에 대한 단순한 관심, 소박한 것에 대한 소박한 관심, 생명 일체에 대한 열렬한 관심. 혼자서는 양분을 취할 수 없는 요람 속 어린 강아지, 낑낑대며 울 줄밖에 모르는 이런 생명에 대한 관심도 예외가 아니다. 갓난아이의 첫 지식, 이 요람 속 왕자가 소유한 유일한 능력은 울음이다. 먼 사랑을 향한 요청, 너무 멀리 있는 생명을 향한 절규다. 그때마다 어머니가 일어나 응답한다. 하느님이 잠에서 깨어나 다가온다. 매번 아이의 요구에 답하며, 매번 피로를 극복하고 그 요구에 귀 기울이면서. 세상의 첫 날들이 주는 피로, 유년기의 첫 몇 해가 주는 피로. 만사가 거기서 유래한다. 그 밖의 것은 무無다. 아이의 기저귀를 빨고 죽을 데우고 아이에게 목욕을 시키느라 지친 어머니의 모습보다 더 성스러운 모습은 없다. 남자들은 세상을 쥐고 있다. 어머니들은 세상과 남자들을 지탱하는 영원을 쥐고 있다. 지금 당장은 젖과 눈물로 온통 더럽혀진 어린 프란체스코가 미래에 발하게 될 성스러움은 이런 무한한 모성애의 모방에 지나지 않는다. 어머니들이 갓난아이를 위해 태곳적부터 취해 온 제스처를 그가 짐승과 나무, 모든 생명체에게로 확대한 데에 그 진정한 위대함이 있다. 사실 성인聖人은 존재하지 않는다. 성스러움만이 있을 뿐이다. 성스러움이란 기쁨이다. 그것은 만물의 토대다. 모성애가 바로 이 만물의 토대를 떠받치는 무엇이다. 피로가 극복되고 죽음이 감내되는 것이 모성애며, 그것 없이는 어떤 기쁨도 가능하지 않다. 누군가를 두고 성스럽다고 하는 건, 그가 자신의 삶을 통해 경탄할 만한 기쁨의 전도체임을 드러냈다는 의미에 지나지 않는다. 금속체가 그 안을 지나는 열을 고스란히 보존한다면 좋은 전도체라 할 수 있듯이, 또 어머니가 피로로 스스로를 남김없이 소진시킨다면 좋은 어머니라 할 수 있듯이 말이다.

피에트로 디 베르나르도네가 아버지의 이름이다. 직물 상인. 그의 아버지는 이미 사업에 발을 들이고 있었다. 아들은 아버지에게서 재산과 함께 몸치장에 대한 기호를 물려받는다. 마돈나 피카는 어머니의 이름이다. 그녀는 아시시가 아닌 훨씬 먼 곳 출신이다. 그녀는 프로방스에 살고 있었다. 일 때문에 그곳에 간 아버지는 세상에서 가장 귀중한 보화를 안고 돌아온다. 다름 아닌 이 아름다운 여인의 사랑이다. 그가 성사시킨 가장 근사한 거래, 양손 안에 쥐어 본 가장 섬세한 천임에 틀림없다. 어머니는 아버지가 발휘한 천재적인 솜씨의 결과물이다. 시대를 막론하고 남자들은 아내를 얻기 위해 자신이 살던 고장과 유년 시절을 버리고 먼 여행을 떠난다. 이웃집 여자를 아내로 맞을지언정 그는 자신의 가장 구석진 곳에서 그녀를 찾아 헤매고 발견한다. 남자에게 여자란 세상에서 가장 먼 존재다. 먼 고장보다 더 먼 무언가가 있고, 사람의 마음보다 더 후미진 구석이 존재하는 법. 아버지는 머나먼 프로방스의 안뜰에서, 음유시인들과 나이팅게일의 노랫소리로 가득한 외진 곳에서 어머니를 찾아낸다. 12세기의 프로방스는 천사들의 축복을 받은 곳이다. 천사들은 주인이 잠든 틈을 타 몰래 내려온다. 그리고 그때까지 한 번도 존재한 적 없고 세상이 알아채지도 못한 사랑의 방식을 발명해 낸다. 즉 궁정풍의 연애다. 이런 사랑에 빠진 남자는 자신의 무기와 교만을 내려놓고 희미하게 들려오는 노랫소리에 귀 기울인다. 다른 사내들과의 경쟁도 이제는 힘이 아닌 미美를 두고 이루어진다. 한편 여성은 영주나 왕 같은 다른 사람의 배우자이기 일쑤다. 사랑에 빠진 남자는 그녀의 이름이 온 세상에 빛을 발하도록 하며 자신과 이 귀부인을 가르는 거리를 더한층 벌려 놓는다. 그물 밑바닥에서 파닥이는 한 마리 물고기처럼 이 거리 안에 온 세상을 담을 때까지. 자연도, 몸과 영혼도, 오직 이 귀부인의 태양 아래 모두 제자리를 찾는다. 두 사람을 떼어 놓는 공간은 그녀의 웃음소리로 가득 찬다. 성스러운 공간이다. 노래로 활짝 열린 이 공간 안에 목소리가 떠다닌다. 행복한 거리다. 사랑은 이 거리를 결코 제거하지 않으며 오히려 가득 채운다. *Fin amor**. 먼 데서 오는 사랑. 정말이지 이상한 사랑이다. 그곳에선 땅이 하늘을 닮아 있다. 몸과 영혼이 하나의 경쾌한 목소리 안에 녹아든다. 이런 일이 13세기 중반까지 이어진다. 이 음악 소리에 마침내 하느님이 잠에서 깨어난다. 그가 끼어들어 만물에 질

---

* '궁정연애'라는 뜻의 오크어. 기사도적인 사랑을 의미하며, 로맨스라는 말이 여기서 유래했다.

서를 되돌려 놓는다. 마지막 노래들은 더 이상 성주 부인의 침실에 도달하지 못한 채 동정녀 마리아의 양손에 눈雪이 되어 다시 내린다. 연애편지는 예전 그대로다. 동일한 말들이며, 노래엔 동일한 광기가 서려 있다. 주소만 바뀌었을 뿐이다. 갑자기 수신자가 프로방스의 젊은 여인들보다 더 먼 곳에 사는 여인이 된다. 아주 조금 더 먼 곳이다.

12세기 프로방스의 하늘이 바로 그런 모습이다. 목소리들로 지글대는, 사랑의 말들과 떨림이 가득한 하늘. 사업가인 남편이 마돈나 피카를 발견했을 때 그림 속 푸른색처럼 그녀의 얼굴을 감싸고 있던 하늘이 바로 그랬다. 그렇다고 피에트로 디 베르나르도네가 음유시인의 영혼을 지녔다는 말은 아니다. 장사를 하면서 영원을 생각할 시간을 내기는 어렵다. 그런 일을 하며 먼 것에 관심을 갖기란 쉽지 않다. 오늘 벌어들인 돈에서 내일을 위해 뿌린 돈으로, 한 발짝씩 앞으로 나아갈 따름이다. 프란체스코의 어머니가 프로방스의 하늘 밑에서 자란 이런 처녀들 중 한 명이라는 사실이 그저 우연의 일치는 아니다. 어머니들은 아이들을 젖과 꿈으로 키운다. 젖은 그들의 몸속 깊은 곳에서 솟아난다. 젖가슴에서, 마치 행복한 상처에서처럼 흘러나온다. 그들의 꿈은 유년기의 가장 비밀스러운 곳에서 솟구쳐 입술에 자장가로 떠오른다. 그리하여 무한히 파고드는 부드러움으로 갓난아이를 감싼다. 세월이 가도 변질되지 않는 향기처럼. 남자들이 전사戰士의 활기를 포기하고 노래에 열을 올리는 땅 프로방스. 그렇다, 프란체스코의 어머니가 이 고장 출신이라는 사실은 우연의 일치가 아니다.

아이는 우선 조반니*라 불린다. 어머니가 원하고 선택한 이름이다. 사업차 아버지가 다시 프랑스로 가 있는 동안 아이는 이 이름으로 세례를 받는다. 그러나 아버지가 돌아와 마치 잡초를 뽑듯 이 이름을 없애고 아이에게 프란체스코라는 다른 이름을 지어 준다.

한 이름 위에 또 한 이름, 두 개의 이름이다. 하나의 삶 밑에 또 하나의 삶, 두 개의 삶이다. 첫 번째 이름은 성서에서 그대로 가져온 이름이다. 신약성서는 이 이름에서 시작되어 이 이름으로 끝난다. 그리스도의 도

---

* '요한'의 이탈리아식 이름.

래를 예고한 세례자 요한은 양손 안에 강물을 담아 믿기지 않는 상쾌함과 미친 사랑의 소나기를 예감케 했다. 그런가 하면 과거에 일어난 일을 기록하며 어떻게 그 일이 지금도 진행 중인지를 말하는 이는 복음사가 요한이다. 물의 요한과 잉크의 요한. 어머니는 이 이름을 원했다. 어머니는 아이에게 이름을 지어 주며 자신의 소원을 아이의 몸과 영혼 깊숙이 감추어 둔다. 두 장의 시트 사이에 넣어 두는 라벤더 향주머니처럼. 물을 쥔 손의 요한과 황금 입의 요한. 그 외에도 또 다른 이름, 또 다른 삶이 있다. 프랑스의 프란체스코. 대기 같은 마음과 프로방스의 피를 지닌 프란체스코. 아이들은 가족의 성을 통해 죽은 조상들의 무리에 합류한다. 그리고 이름을 통해, 살아 있는 자들의 무한히 풍요로운 세계, 가능성의 온갖 영역에 합류한다. 복음사가처럼 크나큰 사랑을 찬미하거나, 음유시인처럼 가녀린 생명을 어루만진다. 하지만 동시에 이 둘 다일 수는 없는 걸까? 복음사가면서 음유시인, 사도면서 연인이 될 수는 없을까?

달콤한 무無

Douceur du néant

그리고 아이는 자란다. 다른 아이들이 자라듯 아이는 자란다. 어머니의 땅에 두 팔로 뿌리를 박은 채, 말씀이라는 덤불 속에서 양분을 길어 올리며 다양한 관계를 늘려 가면서 생각의 가지들을 외부의 빛 속으로 들어 올린다. 유년기야말로 생명을 살찌우는 시기다. 그렇다면 무엇이 유년기를 살찌우는 것일까? 우선 부모와 주변 환경이 있다. 그리고 아이가 자라는 고장, 그것이 행사하는 마력이 있다. 나머지는 하느님의 소관인데, 그것이 거의 전부라 할 수 있다. 성서의 하느님 – 정원사나 건축가인 하느님 – 이기보다는, 여름비나 첫 슬픔을 예측하지 못하는 하느님, 흐르는 시간의 밀렵꾼인 하느님이다. 좀 미친 어머니 같은 하느님, 동일한 몸짓으로 어루만지거나 뺨을 때리기도 하는 어머니 같은 하느님. 우리가 삶 속에서 그 누구보다 먼저,

훨씬 먼저 만나는 이가 바로 이런 하느님이다. 같은 하느님이라도 훨씬 생생하고 가깝게 느껴지는 하느님이다. 성서의 하느님과는 교섭을 할 수 있다. 그와는 거래를 하거나 협상을 벌일 수 있고, 계약을 파기하거나 다시 체결할 수 있다. 그가 승복할 거라 기대하며 맞붙어 싸울 수도 있다. 그러나 유년기를 살찌우는 하느님과는 아무것도 할 수 없다. 그는 유년기의 통제 불가능한 일부며, 확정 지을 수 없는 교육의 일부, 즉 무한의 영역이다. 그를 믿는다는 건 불가능하다. 믿는다는 건 마음을 준다는 것이니까. 이 단순한 시절의 하느님은 이미 요람 속 아이의 마음을 빼앗아 아이를 마음대로 조종한다. 이것은 13세기에 그랬듯 20세기에도 이해하기 어려운 점이다. 20세기는 아이를 왕으로 떠받들기 때문이며, 13세기는 아이를 그림자로 간주하기 때문이다. 오늘날의 아이에겐 막강한 힘이 주어지는 반면, 그 시절의 아이는 무無에 불과하다.

20세기의 어린이들, 그대들의 부모는 피곤하다. 부모들은 이제 아무것도 믿지 않는다. 그래서 그대들이 어깨 위에 그들을 실어 나르기를, 자신들에게 애정과 용기를 주기를 요구한다. 현대의 어린이들, 그대들은 사막의 왕들이다. 그러나 13세기의 어린이들, 그대들은 하찮은 존재에 불과하다. 전쟁과 기아, 흑사병에 쓸려 가거나 때로는 열병에 걸린 가축 떼 취급을 받기도 한다. 처음 몇 년 동안은 누가 그대들에게 말을 거는 일도 드물다. 누가 그대들을 바라본다 해도, 그건 마당 흙먼지 속에서 그대들과 노는 농장의 개들에게나 던지는 연민의 시선이다. 13세기의 어린 미개인들, 그대들은 마구간의 시종들이나 넓은 헛간의 암탉들과 뒤섞인 채, 모두가 보는 앞에서 아무도 모르게 자란다.

어린 프란체스코가 자라는 모습을 누가 보았을까? 하느님 외에는 본 사람이 거의 없다. 아버지도 보지 못한다. 그는 여행이나 돈, 직물에 지나치게 마음이 쏠려 있으니까. 어머니는 조금 본다. 아주 조금. 타고난 모성애도 빛을 잃기 때문이다. 사랑하는 아이가 자신의 길을 가도록 내버려 두면서 아이를 보살피는 어머니가 있는 반면, 아이의 진로를 바꾸어 놓으려 하며 고통을 겪는 어머니도 있다. 그리스도가 지나가던 길에 마주친 두 자매, 마르타와 마리아가 있다. 마르타는 주변을 정돈하고 식사를 대접하느라 부엌에서 맴돌며 접시 부딪는 소리와 끓는 물소리에 정신이 나가 있다. 반면

긴 의자 밑에 앞치마를 얌전히 벗어 둔 마리아는 날개를 접고 쉬는 새처럼 바닥에 무릎을 꿇고 앉아 있다. 솔직한 표정과 빈손의 마리아는 오직 사랑을 염려한다. 그것이 없다면 정돈도 처량할 따름이며 음식 또한 모두 맛을 잃을 테니까. 마르타와 마리아. 몸과 마음이 분산되어 있는 여자와 한 곳으로 집중되어 있는 여자. 쉴 새없이 분주한 여자와 차분히 진정되어 있는 여자. 어머니들은 흔히 이 두 여자의 모습을 동시에 지닌다. 아이에 대한 걱정이 그들을 지혜롭게 하는 만큼 장님이 되게도 한다. 그들은 살을 나눈 자신의 분신을 바라본다. 아이가 살아가는 걸 보지만 자라는 모습은 결코 보지 못한다. 영원한 나이에 멈추어 선 아이를 볼 뿐, 그가 한 살씩 나이를 먹어 가며 하나의 영원에서 다른 영원으로 나아가는 것은 보지 못한다. 그러다 어느 날 불쑥 집 안으로 들어서는 이 건장한 젊은이를, 자신의 힘을 주체하지 못하는 이 남자를 돌아서서 바라보며 놀라움을 금치 못한다. 그만한 힘과 미숙함이 어떻게 자신으로부터 올 수 있었는지, 이해가 되지 않는다. 도무지 이해할 수 없다. 아이는 자랐어도 그들의 마음은 늙지 않은 채 출산의 첫 고통 때처럼 타오르기 때문이다.

프란체스코의 유년기에 대해 텍스트들은 무어라 말하는가? 아무 말이 없다. 아무 말도 하지 않는다. 그 것들은 서둘러 청년기로 진입한다. 모든 게 정말로 시작되는 건 바로 이 시기라는 듯이. 프란체스코가 죽고 40년 뒤, 도미니크회 수사로서 나중에 제노바 대주교가 되는 야코부스 데 보라지네가 성인들의 삶을 모아 엮은 『황금 전설』이라는 책을 쓴다. 그 무엇과도 닮지 않은 책, 어린아이가 그린 그림과도 흡사한 책이다. 그림을 그리는 아이는 사물의 본질로 곧장 진입한다. 삶에 장애가 있는 아이는 그림 속 집에 문을 달지 않는다. 반면 행복한 삶을 사는 아이의 그림은 창문과 꽃과 해로 넘쳐 난다. 중세 미세화도 이와 비슷해서, 성주 부인의 드레스는 그녀가 사는 성보다 더 크고, 말의 눈이 타원형 달과 경합을 벌인다. 이것을 그저 요람기 단계의 예술 탓으로, 어린아이의 미숙한 손재주 탓으로 치부해 버릴 수는 없다. 이런 그림은 이성이라는 측량 기사의 차가운 관점 대신 또 다른 관점을 택하고 있기 때문이다. 즉 존재하지 않는 것을 그리는 마음의 관점을 따름으로써 존재하는 것을 더 잘 보게 되는 것이다. 예를 들어 우리가 누군가를, 사랑하는 여자를 기다린다고 하자. 그녀는 올 것이다. 그렇게 말했으니까. 약속했으니까. 이 길을 따라 올 것이다. 우리는 지평선에 눈을 고정하고 그 풍경을 바라본다. (그녀는 무얼 하고 있는 걸까? 이미 여기 와 있어야 하는데 말이다.) 풍경 속에는 다양한 규모의 대상들(숲, 집, 도로)이 있다. 마침내 그녀가 나타나는 순간 그것들이 풍경 속에서 차지하는 비중은 뒤죽박죽이 되어 버린다. 길 끝에 보이는 가느다란 실루엣이 대번 숲과 집들과 도로보다 더 커다랗게 보인다. 측량 기사의 눈에는 먼 곳의 한 작은 점에 불과한 것이 사랑하는 사람의 눈에는 온 우주보다 더 큰 무엇이 된다. 우리는 바라는 것을 보기 마련이다. 우리의 희망에 상응하여 보기 마련이다. 13세기의 마음이 희망으로 부풀어 있었던 만큼 로마네스크 양식 교회의 인물상들은 아주 크고 둥근 눈을 하고 있다. 야코부스 데 보라지네는 어린아이가 그림을 그리듯 책을 쓴다. 잉크병에 손가락을 담근 뒤 종이 위에 단순한 형상들을 그려 나간다.『황금 전설』은 성인들의 어떤 말이나 몸짓을 단숨에 포착해 엮은 모음집이다. 나비가 햇빛 속에서 팔락이며 날갯짓을 해 대는 방식만큼이나

다양한 모습의 성인들이 나온다. 벨벳처럼 화려한 날
개의 성인이 있는가 하면, 잠자리 날개의 성인, 곤충의
긴 촉각과 가는 다리를 한 성인도 있다. 하지만 그들의
유년기에 대한 언급은 없다. 이 은총의 비상에 유년기
가 끼어들 자리는 없다는 듯, 나비가 애벌레로부터 오
는 게 아니라는 듯 말이다. 아시시의 프란체스코도 예
외가 아니어서, 유년기는 그저 한 줄로 요약된 접힌 종
이 자국에 불과하다.

**프란체스코. '지극히 높으신 분'의 종복이자 친구인
그는 스무 살 남짓까지 허영의 삶을 살았다.**

이렇게 말하는 사람은 성직자다. 이런 사람에게 허
영은 무無와 맞먹는다. 새의 지저귐처럼 시작되는 첫
말은 허영, 무다. 위태로운 춤을 닮은 첫걸음은 허영,
무다. 첫 눈송이들이 선사하는 환희, 그지없이 달콤한
여름밤, 터져 나오는 웃음과 눈물 맺힌 눈, 무릎의 상
처, 근심 걱정 없는 영혼, 이 모두가 허영이다. 무다. 야
코부스 데 보라지네는 그 시대의 사람이기 때문이다.
그 시대의 잣대에서 보면 유년기는 일시적인 질병이

다. 혹시 이 시절에 관심을 갖는다면, 그건 인간의 연약함에 대한 굴욕적인 증거를 찾기 위해서일 따름이다. 어린아이와 어른의 관계는 꽃과 열매의 관계와 같아서, 꽃이 열매를 보장해 주지는 않는다. 수없이 많은 겨울이, 폭풍우가, 하나에서 다른 하나로의 이행을 방해할 수 있으니까. 그 시대의 어린아이는 미치광이나 짐승에 가까운 하등 피조물에 불과했다. 어린아이는 오직 그리스도의 말씀 안에서만 온전한 대접을 받는다. 야코부스 데 보라지네는 신학자여서 이 말씀에 주석을 다는데, 그렇게 부산을 떠느라 말씀을 제대로 듣지 못하고 만다. 그는 조직 속의 인간이며, 그가 하느님을 '지극히 높으신 분'이라 부르는 것도 성직자 계급의 군대식 위계질서에 의거해서다. 이치를 따지기 좋아하는 사도들을 그리스도가 성급히 물리치고 대신 어린아이들에게 자리를 내어 준 사실을 잊은 소치다. 어린아이와 동일선상에 계신 하느님, 코를 풀밭에 박은 채 처음으로 바닥에 내동댕이쳐진 하느님, 이 '지극히 낮으신 분'을 통하지 않고서는 '지극히 높으신 분'에 대해 아무것도 알 수 없음을 잊은 소치다.

13세기는 건축가들의 시대다. 돌로 지어진 교회들 옆에 말로 쌓아 올린 교회, 즉 성 토마스 아퀴나스의 『신학대전』이 우뚝 서 있다. 수많은 사상이 이 저서의 한마디 핵심 문장에서 버팀목을 발견한다.

은총은 자연을 파괴하지 않고 완성한다.

어린 프란체스코를 이해하려면 이 한 문장으로 만족해야 할 것이다. 어둠에 가려진 이 시기 동안의 그를 엿보려면 다음과 같이 적는 것으로 충분하다. "성성聖性은 유년기를 파괴하지 않고 완성한다." 좀 더 자세히 말하면, 어른의 모습에서 어린아이를 발견하게 된다는 것. 영혼의 성장은 몸의 성장과는 반대로 이루어진다. 몸은 키가 자라면서 크는 반면, 영혼은 오만함을 잃으면서 커 간다. 성성은 성장의 법칙을 뒤집어 놓아, 어른이 꽃이라면 어린이가 열매다.

프란체스코, '지극히 낮으신 분'의 종복이자 친구인 그는 스무 살 남짓까지 감미로운 삶을 살았다.

일각수, 불도마뱀, 귀뚜라미

Licorne, salamandre et grillon

이제 그는 아버지와 어깨를 나란히 한다. 계산대 뒤를 오가며 물건 파는 일을 돕는다. 그는 장사에 소질이 있는 청년이다. 민첩한 손놀림으로 피륙을 펼치고 유창한 언변으로 천의 부드러움을 자랑한다. 그 고장에는 베르나르도네의 장남을 능가하는 장사꾼이 없다고, 누구나 – 특히 여자들이 – 입을 모아 말한다. 맑은 눈, 떡 벌어진 어깨에다 여자처럼 손이 흰, 잘생긴 청년이다. 사람들은 필요하지도 않은 직물을 보고 싶어 하고, 사지도 않을 천 앞에서 망설인다. 단지 이 젊은이의 목소리를 듣고 그 모습을 실컷 바라보는 기쁨을 맛보기 위해서다. 그러다 마침내 몇 필의 피륙을 사 가지고 돌아간다.

그는 스무 살이며, 먼지다. 스무 살은 몸에 해당하

고, 먼지는 영혼에 해당한다. 영혼은 그의 관심 밖이다. 마음속에서 그것이 파닥이도록 내버려 둔 채 그는 친구들과 아시시의 예쁜 여자들, 술과 노름과 노래 곁에 한 자리를 내어 준다. 먼지 덮인 아주 보잘것없는 자리다. 마음속 가장 외진 곳, 인적 드문 곳에 위치한 방 하나. 일 년에 몇 시간, 성탄절과 부활절이면 그곳에 들어가며, 그것으로 족하다. 그래, 그것을 믿기는 한다. 눈에 보이지 않는 다른 것들 – 예를 들면 일각수 – 을 믿듯이 말이다. 영혼의 존재는 일각수의 존재만큼, 딱 그만큼, 전설적인 무엇이다. 더 많은 관심을 요구하지도 않는다.

　영혼은 새들과 한 가족이다. 그런데 이 가족에 합류하기 전 프란체스코는 일각수 가족에 속해 있었다. 중세 동물 우화집에 기록된바, "녀석은 숫처녀와 동정녀의 냄새를 몹시 좋아하기에, 녀석을 잡으려는 사냥꾼들은 녀석이 지나다니는 길목에 어린 처녀를 세워둔다. 처녀를 본 일각수는 그 젖가슴 위에 잠들러 왔다가 사냥꾼들에게 잡히고 만다." 그러나 아름다운 프란체스코를 손에 넣을 사냥꾼은 아직 태어나지 않은 상태다. 수많은 여자들에게 구애를 하면서도 그가 한 여자

곁에서 잠이 드는 일은 없다. 스무 살 청년의 두 팔은 어린 처녀들의 허리를 휘감기 위한 것. 그렇다 해도 두 다리는 세상 끝까지 가기 위한 것이다. 다리 위로는 태양과 힘이 있다. 몸은 이 태양 주위를 끊임없이 움직이며 도는 혹성이다. 주일날 사제들은 우리에게 영혼이 있음을 단단히 상기시킨다. 강론대 위에 올라서서 우리 머리 위로 돌처럼 단단한 말들을 내던진다. 우리는 가련한 모습으로 긴 의자에 움츠리고 앉아 눈을 내리깐 채 그 말에 귀 기울인다. 폭풍우가 지나가기를 기다린다. 그러고 나면 곧 삶의 핵심으로 되돌아온다. 교회 문을 나서며 재잘대는, 천사처럼 해맑은 소녀들에게로 돌아온다. 그들을 응시하며 달콤한 희열을 느낀다. 달콤한 희열과 고통을 느낀다. 아름다움이야말로 진정한 신비여서, 영혼의 신비보다 더 흥미롭다. 젊은 처녀의 얼굴에서 빛나는 아름다움은 우리 눈에 완벽의 상징처럼 보이지만, 그 자체만으로 충분하지는 않은 완벽이다. 그것은 우리를 부르며 무언가를, 지켜지지 않을 무언가를 약속한다. 하느님의 손이 그 아래 있다. 실은 하느님의 손인지 악마의 손인지 우리로선 알 수 없지만, 스무 살이라면 그런 건 아무래도 좋다. 한 가지 사실만 분명할 따름이다. 그러니까 영원한 건, 영혼보다 더 영원한 건, 몸이라는 것. 증명이 필요 없는 사실이다. 스무 살이라면 그저 그렇다고 느끼는 사실이다. 게다가 그건 정작 사제들 자신은 확신 없이 전파하는 진리, 그 진리의 절반이기도 하다. 그들은 몸과 영혼의 부활을 이야기하지 않는가? 즉 몸도 부활한다는 – 무엇보다 몸이 부활한다는 – 것. 이것이 우리가 아는 진리의 절반이며, 이 단편적인 진리를 가지고 우리는 이미 세상을 투명한 눈으로 보고 자신의 삶을 멀리까지 내다볼 수 있게 된다. 나머지에 대해선 아직 시간이 있다. 시간 이상의 것이 있다. 스무 살이니, 먼지에 대해선 말하지 말자.

그는 상점에 들어오는 돈을 도박에 소비한다. 마음속에 들어오는 사랑을 축제에 소비한다. 자신이 가진 것, 자기 자신을 불태워 버린다. 그의 내면에는 일각수가, 그리고 약간의 불도마뱀이 있다. "불도마뱀은 오직 불을 먹고 산다. 그 거죽으로 우리는 어떤 불길에도 타지 않는 직물을 만든다." 베르나르도네의 아들은 이처럼 값을 매길 수 없는 직물로 짠 옷을 입고 있다. 친구들이 오간다. 여자들이 오간다. 돈이 오간다. 어머니는 한숨을 내쉬다가 미소 짓는다. 아버지는 투덜대다가 입을 다문다.

누가 프란체스코에게 그의 미래를 물으면 그는 이렇게 대답한다. "놀라운 일들이 나를 기다리고 있다는 걸 모르나요? 나는 훌륭한 기사가 되고, 공주를 아내로 맞아 많은 아이를 낳을 겁니다." 이 대답에서 우리는 어머니의 미소를 짐작해 볼 수 있다. 거품 한 점 잃지 않고 한 술잔에서 다른 술잔으로 부어진 고급 와인처럼, 어머니의 마음에서 아들의 마음으로 전달된 사랑의 광기를. 그런데 아들의 이 말에는 어머니의 열정보다 더한 것이 들어 있다. 이 순진한 자기 확신과 어린아이 같은 삶의 욕구에는 하느님의 미소 또한 들어 있다. 감미로운 삶, 자기애. 이곳엔 '지극히 낮으신 분'이 익명으로, 장난기 어린 모습으로 존재한다. 한 조각 하늘을 가르는 번개나 회개의 무덤에서 그분을 찾는 도덕주의자들의 눈에는 띄지 않는 방식으로.

자기애와 하느님에 대한 사랑은 어린 밀과 익은 밀의 관계와 같다. 둘 사이에는 무한한 확장이 있을 뿐,

단절은 없다. 불어나는 기쁨의 강물은 마음을 적신 뒤 사방에 넘쳐흘러 온 땅을 뒤덮는다. 자기애는 어린아이의 마음에서 태어난다. 수원水原에서 솟는 사랑이다. 이 사랑은 유년기에서 하느님에게로 향한다. 유년기라는 수원에서 하느님이라는 대양으로 향한다. 감미로운 삶, 그것은 세월이 흘러도 변치 않는다. 편안한 대화, 몸의 휴식, 팔월의 색조가 그것이다. 우리가 살아 있는 바로 이 순간에 찾아드는, 영원한 삶에 대한 예감이다. 자기애란 환희에 취한 마음속에서 일어나는 하느님의 첫 전율이다. 감미로운 삶이란 현재의 삶에서 이미 꿈틀대는 영원한 삶이다.

우린 거기에 머무를 수 있을 것이다. 그도 거기에, 이 전율과 꿈틀댐에 머무를 수 있을 것이다. 하지만 그건 우리 손 위에 얹힌 하느님의 손인 '사건들'을 고려하지 않는 것이리라. 종이에 쓰인 글씨를 부지중에 수정하며 한 삶의 도안을 바꾸어 놓는 손이다. 산들바람이 이는가 싶더니 폭풍우가 몰아닥친다. 페루자와 아시시, 두 도시 사이에 전쟁이 터진다. 프란체스코도 그곳에 있다. 거기 있지 않을 수 없을 것이다. 그는 오래전부터 기사도와 영광을 꿈꾸어왔으니까. 전쟁으로 원기를 되찾은 영혼과 상처 입은 몸으로 아시시의 젊은 여자들 곁으로 되돌아온다는 건 얼마나 큰 행복인가. 하지만 상황은 달랐다. 적어도 일 년 이상 그는 고향의 아름다운 여자들을 볼 수 없게 된다. 그는 포로가 되고, 감옥에 갇히고, 병으로 쇠약해져 그곳을 벗어난다. 그래도 시종일관 즐거운 모습이다. 자신의 가지 위에서 더한층 아름다운 목소리로 노래 부르며, 포로가 된 동료들을 위로한다. 이전까지의 쾌활함은, 세상을 통제할 수 있기에 미래를 확신하는 부잣집 도련님의 특권처럼 여겨질 수 있었다. 그런데 친지들에게서 멀리 떨어져 어두운 감방에 갇혀서도 그런 쾌활함은 여전하고 오히려 더욱 커져만 간다. 그렇다면 이 기쁨은 다른 곳에서 왔음이 틀림없다. 세상에 대한 단순한 도취보다 훨씬 먼 곳에서 말이다. 감옥 안의 그는 고래 배 속에 든 요나 같아서, 한 줄기 빛도 그에게 닿지 않는다. 그러자 그는 노래를 부른다. 자신의 노래 속에서 빛보다 더한 것, 세상보다 더한 걸 발견한다. 자신의 진정한 집, 진정한 본성, 진정한 고향을.

우린 이런저런 도시에서, 이런저런 직업을 갖고, 이런저런 가정에 산다. 하지만 우리가 사는 곳은 사실은 어떤 장소가 아니다. 우리가 정말로 살고 있는 곳은 하루하루를 보내는 그곳이 아니라, 무얼 희망하는지도 모르면서 우리가 희망하는 그곳이며, 무엇이 노래하게 만드는지도 모르면서 우리가 노래하는 그곳이다.

그는 1202년 감옥에 갇혔다가 1203년에 풀려나며, 1204년엔 병에 걸린다. 1202년에서 1204년에 이르는 이 시기에 일각수와 불도마뱀의 변신이 시작된다. 귀뚜라미로의 변신이다. "자신이 부르는 노래가 좋아 거기 흠뻑 빠진 탓에 먹을 것을 구하지 않아 노래를 부르다 죽는 게 귀뚜라미의 천성이다."

그림자로 가득한 몇 마디 말

Quelques mots pleins d'ombre

그는 두꺼운 깃털 이불 밑에서 열병을 앓으며 반수 半睡 상태에 빠져 있다. 그러다 병에서 서서히 회복된 다. 좀 노골적으로 말하면 이 상황에서 각자가, 어머니 와 아들이, 자신의 이익을 챙긴다. 어머니는 태곳적부 터 내려온 몸종의 몸짓을 되찾는다. 아이의 헝클어진 머리털을 쓸어내리는 부드러운 손길, 창백한 마음을 어루만지는 빛의 손길을. 아들은 갓난아이의 호사를 다시 누린다. 한숨 한 번에 온 집안이 술렁이고 뭇 천사 들이 촉각을 곤두세운다. 친구들이 머리맡에 와 앉고, 젊은 여자들이 그의 건강을 염려한다. 병의 원인이 무 언지 아무도 모른다. 우윳빛 안색이 좀 지나치게 창백 하고, 두 눈 깊숙한 곳에서 어떤 광채가 번득인다. 그렇 다. 이 광채가 놀라움과 걱정을 불러일으킨다. 동공 속 에서 명멸하는 도깨비불. 은근히 타오르는 불씨라고나

할지, 큰불을 우려하게 된다.

그는 잠자리에서 뒤척이고 또 뒤척인다. 삶 속에서 뒤척이고 또 뒤척인다. 구겨진 시트는 촉감이 불쾌하고, 그 구김살에 살갗이 붉게 쓸린다. 닳고 닳아 무미해진 삶이 영혼을 비벼대 꿈을 망가뜨린다. 아무한테도 이야기할 수 없는 문제다. 이 삶을 버리고 다른 삶을 살고 싶다고, 하지만 어찌 해야 할지 모른다고. 누군가에게 털어놓을 수 있는 문제가 아니다. 어떻게 곁에 있는 사람들에게 말할 수 있을까? 나는 당신들의 사랑으로 살았지만, 이제 그 사랑이 나를 죽인다고. 어떻게 우리를 사랑하는 이들에게 말할 수 있을까? 그들은 우리를 사랑하지 않는다고.

한마디 말이 우리를 열에 들뜨게 한다. 이 한마디가 우리를 침상에 못 박는다. "삶을 바꾸라." 이것이 목표다. 단순하고도 명료하다. 그러나 목표에 이르는 길은 보이지 않는다. 병은 길의 부재며, 수단의 불확실성이다. 우리는 어떤 물음 앞에 있는 것이 아니라 그 내부에 있다. 우리 자신이 물음이다. 새로운 삶. 그것을 우리는 바라지만, 옛 삶에 속한 우리의 의지는 아무 힘이 없다. 마치 왼손에 쥔 구슬을 내미는 아이가 교환의 대가로 오른손에 동전이 쥐어질 때까지 구슬을 놓지 않는 것과도 같다. 우리는 새 삶을 원하지만, 그렇다고 옛 삶을 잃고 싶지는 않다. 과도적인 순간, 이 빈손의 시간을 경험하고 싶지 않다.

평범한 건강보다 훨씬 좋은 건강이 찾아들 때 그것이 우리를 병들게 한다. 평범한 건강과는 양립할 수 없는 건강이다. 그래서 우리는 저항한다. 모두가 나서서 우리를 붙잡는다. 어머니, 친구들, 젊은 여자들 모두가. 우리는 이 삶이 더 이상 마음에 들지 않지만 적어도 그것이 무엇으로 이루어지는지는 안다. 그것을 떠난다면 아무것도 알 수 없는 순간이 닥칠 것이다. 그 때문에 우리는 두렵다. 그래서 망설이고 머뭇거리고 더듬대다가, 결국 예전의 길들로 되돌아온다.

1205년 봄. 또다시 전쟁이 일어난다. 이 시기엔 걸핏하면 전쟁이 터지곤 한다. 전쟁은 한 조각 땅을 장악하고 한 주인만을 인정하게 만드는 걸 목적으로 삼는다.

세상엔 한 사람이 설 자리밖에 없으니까. 내가 주인이
다, 라고 교황이 말하면, 주인은 나다, 라고 황제가 말
한다. 그리하여 끊임없이 싸움이 시작되고 이어져 결
코 끝을 보지 못한다. 프란체스코는 병상에서 일어나
교황의 부름에 답한다. 이번엔 "하느님이 함께하시는
데 어떻게 패할 수 있겠는가?"라는 근사한 명분이다.
멋진 무장에 왕자처럼 차려입은 그는 마치 직물 상인
인 아버지에게 영광을 돌리는 듯하다. 아버지처럼 먼
곳에 있으면서 사업엔 더 큰 수완을 발휘하는 교황의
말에 절대적인 순종을 바치면서 말이다. 돈과 젊음과
사랑, 이 세 갑옷으로 무장하고 말 위에 올라 아시시를
출발하는 그는 대천사의 아름다움을 과시한다. 사람들
은 환호하며, 먼지 같은 세상 위로 우뚝 솟아 멀어져 가
는 그의 모습을 지켜본다. 임박한 위험들로 인해 한층
고조된, 그 어느 때보다 아름다운 모습이다. 일찍이 그
가 그토록 큰 사랑을 받은 적도 없었다. 꿈을 꾸고 그
꿈속에서 승리를 구가하는 이를 누가 깨울 수 있겠는
가? 그 무엇도, 어느 누구도 할 수 없는 일이다. 스폴레
토라는 도시에서 그의 잠 속에 찾아든 또 다른 꿈이 아
니라면 말이다.

"하느님이 그에게 말씀하시며 길 위에 그를 멈춰 세우신다."라고 연대기에는 씌어 있다. 연대기 작가들은 인간을 꼭두각시로, 하느님을 복화술사로 만든다. 그러나 스폴레토에서 무슨 일이 일어난 건 틀림없다. 분명한 건 하나도 없지만, 북을 쳐 대는 성부 하느님이나 천둥 같은 목소리로 호령하는 '지극히 높으신' 하느님은 아니다. 오히려 잠든 이의 귓속에 대고 속삭이는 '지극히 낮으신' 분, 아주 낮은 목소리로밖에는 말할 줄 모르는 분이다. 한 조각 꿈. 참새의 지저귐. 프란체스코가 정복의 야망을 포기하고 고향 집으로 돌아오는 데는 그것으로 족하다. 그림자로 가득한 몇 마디 말이 한 사람의 삶을 바꿀 수 있다. 하찮은 사건이 우리를 생명에 내어 주기도, 우리를 거기서 떼어 놓기도 한다. 하찮은 사건이 만사를 결정한다.

그는 늑장을 부린다. 하릴없이 시간만 간다. 그밖에 무엇이 있을까? 전쟁은 더 이상 그의 관심을 끌지 못하고, 장사에도 흥미를 잃고 만다. 그것들이야말로 이 땅의 남자에게 주어진 두 주된 활동이며, 자신을 넘어서서 이름을 떨칠 두 가지 확실한 방법인데 말이다. 죽지 않고 죽이기. 지지 않고 이기기. 이 두 관심사가 삶을 지배한다. 연애도 그 한 변형에 불과하다. 연애란 이성 간에 벌어지는 전쟁과 장사다. 애당초 사랑이 없으니 연애도 없다는 말이 더 정확하다. 오직 회한만이 있기에 사랑은 존재하지 않는다. 자신이 세상에서 전부가 될 수 없다는 회한, 황제와 교황과 그들의 종복 모두가 나누어 갖는 회한이기도 하다. '나'라고 황제가 말하면 '나'라고 교황이 말하고, 유년의 아이 역시 '나'라고 말한다. 이렇게 황제와 교황과 갓난아이가 같은 모래더미를 두고 죽도록 싸운다.

그런데 프란체스코는 더 이상 아무 말도 하지 않는다. 늘 그렇듯 노래를 부른다. 점점 더 노래에 몰두한다. 페루자의 감옥, 아시시에서 앓은 병, 스폴레토에서 꾼 꿈 – 이 세 가지 은밀한 상처로 인해 야망의 나쁜 피는 사라져 버린다. 이제 대상 없는 쾌활함만 남아 있다. 친구, 여자, 노름에서 얻는 즐거움이 어쩐지 시들해져 버린다. 이제 이 땅에서 젊고 사랑받는 존재가 되는 것보다 더 큰 기쁨을 소망하게 된다. 여러 주가 흐른다. 비슷비슷한 축제가 이어진다. 그는 여전히 축제에 합

류해 사람들과 어울리지만 마음은 이미 딴 곳에 가 있
다. 마음을 딴 곳에 두고도 일은 거뜬히 처리해 낼 수
있는 법이다. 말하고 일하고 사랑하며 인생의 가장 좋
은 시절을 보내면서도 마음은 완전히 딴 곳에 가 있을
수 있다. 그러다 어느 날, 1205년의 어느 나른한 여름날,
그는 평소보다 훨씬 성대한 연회를 마련한다. 호사스
럽고 황홀한, 비길 데 없는 식사다. 이렇게 그는 잔치의
무리에 끼어 그들을 향해 더없이 환한 얼굴을 돌린 채
가까운 이들로부터 떨어져 나온다. 몸은 이미 절반 이
상 어둠속에 들어 있다.

그렇다고 그가 흥청대는 잔치를 떠나 온몸에 재를
뒤집어쓴 건 아니다. 이슬 같은 소녀들의 몸을 떠나 빗
물이 흐르는 성당 이무깃돌로 달려갔다는 말은 아니
다. 그가 벗어던진 건 세상이 아니라 자기 자신이다.

그가 향해 간 곳은 아무리 노래를 불러도 숨이 차
지 않는 곳이다. 그곳에서 세상이란 그저 무한히 지속
되는, 하나밖에 없는 기본음이다. 만물 속 어디서나 영
원토록 떨리는, 하나뿐인 빛의 현.

그는 도시에서 사라진다. 마치 사람들에게 감히 내보이지 못하는 애인을 둔 남자 같다. 그 애인을 금세 찾아낸 건 아니다. 그는 폐쇄된 성당들의 내부를 자기 손으로 손질하고 고치면서 그녀를 찾는다. "가서, 폐허가 된 내 집을 보수하라"고, 마음속에서 말씀이 들린다. 마침내 명령이 내려진 것이다. 하느님의 집이란 바로 교회라고, 그는 순진하게 믿는다. 그래서 어린아이처럼 곧이곧대로, 조심스럽게 순종한다. 오래된 돌들을 옮기고, 요정과 들쥐 외에는 아무도 찾지 않는 성당에 비질을 한다. 손톱 밑에 먼지가 낀다. 근육 속으로 피곤이 파고든다. 이 용감한 작은 석공은 노래와 시원한 물로 살아간다.

그는 여전히 여행을 한다. 예전의 여행들과는 달리, 명예도 무기도 예고도 없는 여행이다. 로마로 간다. 먼 곳이어서, 그곳에선 아무도 그를 모른다. 예전에 더없이 아름다운 여자들 주위를 서성였듯이 이제 그는 거지들 주위를 배회한다. 사냥감을 찾는 사냥개 같다. 가난을 구하는 게 아니다. 어떤 돈으로도 살 수 없는 부富

를 구하는 것이다. 진리는 분명 높은 곳에 있기보다 낮은 곳에 있음을, 충족 속에 있기보다 결핍 속에 있음을 그는 본능적으로 감지한다. 그렇다면 무엇이 진리인가? 진리는 결코 우리 외부에 있는 무엇이 아니다. 진리는 우리가 무언가를 아는 데 있지 않고, 그것이 우리에게 주는 기쁨 속에 있다. 진리는 그 무엇으로도 바래지 않는 기쁨이다. 도둑까치 같은 죽음조차도 앗아 갈 수 없는 보물이다. 그는 이 진리에 아주 가까이 있다. 그것을 알고, 느낀다. 그러나 그의 기쁨과 그 자신 사이에는, 하느님 안에서 환히 빛나는 그런 세계와 그의 마음속에서 타오르는 세계 사이에는, 아직 그림자가 드리워져 있다. 눈에 띄지 않는 벽의 균열 - 영혼에 난 흠, 갈라지는 노랫소리 - 에 손을 갖다 대는 석공의 정확성으로, 그는 이 마지막 망설임을 예리하게 간파해 낸다. "나환자들을 보고 있으면 마음이 너무도 쓰리다."

그는 가난이 내포하는 물질적 헐벗음에 매료당한다. 그러나 그 육肉의 진실에 경악한다. 그의 기쁨이 가닿을 수 없는 세상의 이런 지점이 아직 존재하는 것이다. 이 한 가지를 제외시킬 수밖에 없는 기쁨이란 무엇인가? 그건 무無에 불과하다. 아무짝에도 쓸모없는 것이다. 말뿐인 사랑, 사랑 없는 사랑이다. 다른 모든 감정과 마찬가지로 구멍이 숭숭 난 부서지기 쉬운 감정이다. 부르주아들은 자신들의 이해타산에 부합하는 가난한 자를 꿈꾼다. 사제들은 그들의 소망에 부합하는 가난한 자를 꿈꾼다. 그러나 프란체스코는 꿈꾸는 것이 없다. 더 이상 꿈꾸지 않는다. 그는 가난이 조금도 사랑스럽지 않은 것임을 안다. 그렇다, 가난은 어떤 결함이며 고통이며 상처다. 사랑스러운 구석이라고는 없는 무엇이다. 고로 부자든 가난한 자든, 그 누구도 사랑을 논할 자격이 없다. 사랑이란 원래 존재하지 않는 것이다. 거울 속에 반사된 탁한 물, 두 이해 주체 간의 일시적인 협약, 전쟁과 장사의 혼합물일 따름이다.

우리를 닮고 우리의 기분을 맞추어 주는 사랑의 방식 - 다정다감한 친구들, 향수를 뿌린 여인들 - 은 자연스러운 것이다. 그러나 아시시 근방 나환자 수용소 안으로 들어가 방들을 하나씩 통과하는 것, 갑자기 마음이 고요하고 평화로워져 농부의 발걸음이 되는 것은 초자연적이다. 남루한 차림의 살덩이들이 다가와 더러운 손을 우리 어깨 위에 올려놓고 우리의 얼굴을 더듬는 모습을 지켜보는 것, 이 망령들을 응시하는 것, 이들을 한참 동안 말없이 - 정말이지 말없이 - 부둥켜안는 것. 이 모두는 초자연적이다. 이 사람들에게 하느님을 이야기하지는 않을 것이다. 그들은 세상 저편에 존재한다. 산 자들의 기쁨과 죽은 자들의 휴식 모두가 금지된 그들은 세상의 배설물이다. 그들은 세상에 대해 아주 많은 걸 알고 있기에 이 젊은이의 몸짓이 어디서 오는지 이해한다. 그 자신이 아닌 하느님으로부터 온 것임을 이해한다. '지극히 낮으신 분'만이 그토록 단순하고 우아한 동작으로, 그토록 깊숙이 허리 숙여 절할 수 있을 테니까.

그는 가슴이 뜨겁고 두 뺨이 상기된 채 그곳을 나온다. 아니, 나오지 않는다. 더 이상 그곳을 나오지 않을 것이다. 자신의 주인이 계시는 집을 찾았으니까. '지극히 낮으신 분'이 어디에 거하는지 이제 그는 알고 있다. 세속의 빛이 가까스로 닿는 곳, 삶에 모든 것이 결핍되어 있는 곳이다. 그곳에서 삶은 꾸밈없는 원시적 생명에 불과하며, 단순한 경이요 조촐한 기적이다.

보세요, 전 떠납니다

Regarde-moi, je vais partir

부모가 아이를 먹이고 키우는 시기가 있는가 하면, 아이가 먹고 크는 걸 가로막는 시기도 있다. 오직 아이 자신만이 이 두 시기를 구별하고 거기서 필연적인 결론을 끌어낼 수 있다. 즉 떠나는 것이다. 맞서 싸우는 게 아니다. 절대 맞서 싸워서는 안 되며, 그냥 떠나야 한다. 아들이 아버지와 신경전을 벌이며 반항하는 것보다 더 끔찍한 일은 없다. 누군가와 대적한다는 건 상대와 어느 정도 비슷한 성격을 띠게 됨을 의미하니까. 아버지와 맞서 싸움으로써 강해지는 아들들이 만년에 이르면 이상하게도 그 아버지를 닮게 되는 것이다.

프란체스코는 확실한 직관을 발휘해, 아버지가 아들을 상대로 제기한 소송을 절호의 기회로 포착한다. 아들의 상속권을 박탈하기 위해 일으킨 진짜 소송이다. 아버지는 프란체스코가 자신의 허락도 없이 사제들에게 준 상점의 돈을 받아 내려 한다. 아들을 상대로 한 아버지들의 소송은 보통 음험하고 비열하며, 세월의 흐름 속에서 무한정 지연되게 마련이다. 그 양상을 명확히 규정하기도, 결론을 짓기도 어렵다. 하지만 프란체스코의 경우는 노여움에 찬 아버지가 증인으로 소환한 선량한 사람들과 주교 앞에서 드러내 놓고 진행된다.

프란체스코는 그날 아무 말도 하지 않는다. 사람들이 그에게 귀 기울이도록 무언가 말해야 한다는 필요성을 조금도 느끼지 못한다. 행동으로 족하다. 아버지의 발언은 신랄하고도 도도하다. 하지만 한마디 한마디에 아들은 침묵으로 응수하면서 아버지의 말을 모조리 철회시킨다.

"보십시오. 아버지의 살 중의 살이요 피 중의 피인 저를 보십시오. 저를 자세히, 오랫동안 바라보십시오. 쏟아지는 빛줄기에 감기다시피 한 눈, 교활하게 찌푸려진 눈으로 말이죠. 세상 무엇 하나 부족할 게 없기를 바라며 자신들의 정당한 권리를 지키려는 욕망으로 장님이 되어 버린 눈이네요. 원하는 만큼 실컷 저를 바라보십시오. 고급 직물을 가늠하는 장사꾼의 눈, 아름다운 여자의 출현에 반짝이는 수컷의 눈으로 말입니다. 그리고 아버지의 눈으로 저를 바라보십시오. 아버지 베르나르도네와 아들 프란체스코. 당신은 제 아버지이지만, 저는 더 이상 당신의 아들 프란체스코가 아닙니다. 저는 제 숨은 이름, 어머니가 제게 주고 싶어 했던 이름을 되찾습니다. 당신의 마음을 부드럽게 어루만지고 장사에도 도움이 되는 땅, 비옥한 프랑스의 땅 아래 당신이 숨겨 둔 이름이지요. 당신을 원망하진 않습니다. 아무 원망도 하지 않아요. 우리 두 사람을 갈라놓는 게 바로 이 점이죠. 당신이 조반니라는 이름을 잊어버렸다고 원망하진 않습니다. 우리가 멀리한 것이 오히려 그렇게 해서 보호받습니다. 그 이름은 여전히 거기 있고, 오늘 나는 그것을 되찾아 섬길 준비가 되어 있습니다.

세상의 노래를 돌보는 조반니. 자신의 목소리라는 새장 속에 황금 새를 키우는 조반니. 충실하고 듬직한 개처럼 태양을 지키는 조반니. 세례자 조반니와 복음

사가 조반니. 그의 복음서가 어떻게 시작되는지 당신
도 알고 있죠. "태초에 말씀이 계셨다. 말씀은 하느님과
함께 계셨고, 하느님 안에 계셨다. 말씀은 하느님이셨
다."* 그렇다면 당신 같은 사람들에게 태초란 뭘까요?
손안에 들어온 첫 수입, 풀밭 위에 쓰러뜨린 첫 여자인
가요? 제게 이 태초는 하느님의 침묵 속에, '말씀'이 지
닌 힘 속에 있습니다. 당신은 제 아버지죠. 그저 제 삶
이 시작되는 순간부터 제 아버지였어요. 그건 한순간
에 불과해요. 저는 당신보다 훨씬 앞서 존재한 모두를
되찾습니다. 연어처럼, 영원한 바다로 돌아갑니다. 취
한 말들과 침묵하시는 하느님, 이 둘 사이로 스며들 겁
니다. 둘 사이엔 빈틈도 거리도 없지만, 그래도 슬그머
니 끼어들 수 있을 테죠. 제 영혼에 적절한 가녀림을,
필요한 겸양을 부여할 수 있을 거예요. 겸양이라는 말
의 어원을 아세요? 라틴어 교사에게서 배운 건데, 그
러고 보면 당신도 수업료를 헛되이 지불하지는 않은
거네요. 아무튼 어원은 아주 단순합니다. 겸양humilité은
흙, 즉 땅을 의미하는 라틴어 '후무스humus'에서 왔습니
다. 실제로 저는 그곳으로 돌아가며, 그곳을 향해 떠납

---

* 요한 1:1

니다. 내 누이인 땅, 내 연인인 땅을 향해 말이죠.

　제게 프란체스코라는 두 번째 이름을 준 건 잘하신 일입니다. 첫 번째 이름에서 저는 진지함을 받았지만, 두 번째 이름에선 기쁨을 받았으니까요. 기쁨이 없는 진지함이라면 무겁게만 느껴지겠죠. 그러니 잘하신 겁니다. 아버지의 역할을 제대로 해낸 셈이에요. 아이에게 부모 양쪽이 있다는 건 좋은 일입니다. 하나가 다른 하나로부터 아이를 보호해 주니까요. 아버지는 탐욕스러운 어머니로부터 아이를 지켜 주고, 어머니는 지나치게 권위적인 아버지로부터 아이를 지켜 줍니다. 당신을 비난할 마음은 전혀 없다 해도, 이제 저는 당신 곁을 떠나야 해요. 제 아버지의 일을 하러 가야 합니다. 부자들에게 직물을 파는 아버지가 아니라, 비와 눈과 웃음을 파는 아버지죠. 또 어머니의 일도 도우러 가야 해요. 자신의 맏이를 이웃집 아이들보다 사랑하는 어머니가 아니라, 누구에게나 똑같이 엄격하고 똑같이 다정한 어머니, 땅이며 하늘인 어머니입니다.

　제가 당신께 하는 말, 침묵 속에 전하는 말을 이해하시겠지요. 오늘 법정에서 제가 기쁨을 억제하지 못한 채 당신과 주교 앞에서 전하는 이 침묵의 말을 이해하시나요? 저는 당신께 맞서지 않습니다. 서로 맞서려면 공동의 집과 공동의 언어, 공동의 관심사가 있어야 하는데, 이제 우리에겐 그런 것들이 없으니까요. 당신 스스로 결정한 일입니다. 당신이 베푸는 마지막 도움, 아버지로서 수행하는 마지막 과업인지도 모르죠. 저를 상대로 한 이 소송 덕에 저는 당신에게서 해방됩니다. 생물학적 아버지의 역할은 여기서 완수됩니다. 당신을 수행하는 이 저명인사들, 당신이 구현하는 법의 자줏빛 복장을 한 이 사람들 앞에서 말입니다.

아버지는 법을 선포하는 자입니다. 하지만 돈의 법칙과 근면의 법칙, 죽은 세계의 법칙에 어린 소년처럼 복종하는 사람이 무슨 아버지라 할 수 있습니까? 무엇 때문에 이렇게 떠들썩하죠? 제가 당신 금고에서 꺼내 어느 사제에게 교회를 보수하라고 건네준 몇 푼 때문인가요? 그는 그 돈을 원치 않았어요. 당신과 당신의 명성이 두려워 돈을 먼지 속에 던졌습니다. 그 사제 역시 영원한 속옷을 거래하는 자요 기도와 면병을 파는 장사꾼이어서, 제게 엄청난 도움을 준 셈이죠. 돈이 아니라 생명을 주어야 한다는 걸 부지중에 제게 가르쳐준 거니까요. 자신들이 바치는 미사 중에 그걸 말하는 직업꾼들에게가 아니라, 신음소리를 낼 혀조차 없는 사람들에게 주어야 한다는 것 역시 말입니다.

보십시오, 전 떠날 겁니다. 사제는 당신을 겁내고, 당신은 돈을 잃을까 봐 겁내는군요. 생쥐는 고양이를 무서워하고, 고양이는 개를 무서워하죠. 당신들 모두가 그렇습니다. 자신들이 짊어진 도덕의 짐 아래 허덕이며, 스스로 세워 둔 원칙 탓에 겁에 질려 떱니다. 태초에 두려움이 있었고, 두려움은 법과 함께 있었고, 두려움이 당신들의 유일한 법이었어요. 보세요, 저는 떠납니다. 저는 더 이상 당신들의 법에 무릎 꿇지 않습니다. 제가 섬길 유일한 주인을 찾아냈으니까요. 저는 당신의 장사 경험을 활용할 생각입니다. 영원과 직접 거래할 겁니다. 제 영혼의 마지막 한 닢까지 투자해, 그 대가로 창조된 세상 전부를 받을 겁니다. 득이 되는 장사죠. 위조화폐인 제 피를 주고, 세상에 존재하는 사랑 모두를 차지하는 것이니까요. 저는 당신과는 다른 의미에서 부자가 될 겁니다. 제가 잃게 될 모든 것이 저를 부자로 만들어 줄 테죠. 정신계는 물질계와 전혀 다르지 않습니다. 정신계란 마침내 균형을 되찾게 된 물질계에 불과해요. 정신계에선 파산을 함으로써 부를 손에 넣습니다. 보세요. 저는 떠납니다. 가게와 당신 이름을 유지하고 케케묵은 스토리를 계속 써 나가려면 다른 사람을 찾아야 할 겁니다. 당신 아버지가 장사꾼이었듯 당신도 장사꾼이 되어 아버지에게 복종했고, 성장을 포기했죠. 이 문제를 두고 저는 많이 생각했습니다. 아시다시피 책에서 읽은 건 아니에요. 독서는 저의 강점이 아니니까요. 저는 미사여구들로 배부른 수도승이 아닙니다. 화려한 수식어들로 빵을 굽는 사람이 아니죠. 그저 제 주변을 살펴보았을 뿐이에요. 스무 살의 유쾌한 술렁임이 지나간 다음 아들들에게 무슨 일이 닥치는지 저는 보았습니다. 그들 자신이 아버지의 의자를 차지하고, 아버지의 모든 걸 – 얼굴 주름살까지 – 그대로 갖게 되는 걸 보았죠. 새로운 건 하나도 찾을 수 없다면 인간에 대해 좌절할 수밖에요. 아버지가 된 그들은 스스로 성숙하다 믿습니다. 아내를 두고 바람피울 생각은 하지 못하니, 자신은 사랑을 하는 거라 믿습니다. 하지만 그들에게 남은 거라곤 늙어 가는 일뿐입니다. 늙은이가 되는 일뿐이죠. 보세요, 저는 이제 유년의 길들을 따라 떠나렵니다. 하느님께 던지기 위해 가져다 쓴 돈 몇 푼을 저는 아직 당신에게 빚지고 있죠.

당신은 물건들의 값을 알고, 물건들이라면 값으로밖에 따질 줄 모르는 사람이에요. 보세요. 저는 옷을 벗습니다. 당신 앞에서, 주교를 비롯해 덕망을 갖춘 이 모든 사람들 앞에서, 벌거숭이가 됩니다. 포석 위에 놓인 이 옷더미를 보세요. 따지고 계산해 보세요. 저는 당신에게 진 빚을 갚았습니다. 더는 빚진 것이 없으니 이제 떠날 수 있겠죠. 돌처럼, 풀잎처럼, 캄캄한 하늘에 모습을 드러낸 첫 별처럼, 그렇게 헐벗은 몸으로 떠납니다.

아브라함이 일어섰습니다. 그는 엄청난 요구를 받았죠. 가족과 고향과 친구, 그 모두를 떠나라는 요구였어요. 무한한 욕구를 가진 자에겐 무한한 요구가 있기 마련입니다. 그러나 아브라함은 일어나 떠났습니다. 모세도, 다윗도, 모두 일어섰습니다. 그러나 그렇게 일어서는 순간 자신들을 감싸고 있던 언어의 옷, 우정의 옷, 지혜의 옷을 잃어버렸고, 그들 모두 헐벗은 마음속에 무한을 받아들였습니다. 아들이 열두 명의 게으름뱅이들과 어울려 다니는 모습을 본 그리스도의 어머니는 창피해서 아들에게 집에 돌아오라고 다그쳤습니다. 그러자 그리스도는 이렇게 대답했어요. 내 진짜 가족이 어디에 있습니까? 누가 내 가족이죠? 라고. 그의 어머니는 이해할 수 없었습니다. 하물며 당신이 어떻게 이해할 수 있겠어요? 제가 진짜 가족에게로 돌아간다는 걸 말이죠. 자신이 누군지, 어디로 가고 있는지 모르는 채 길을 떠난 그들에게로 돌아가고 있음을 말입니다.

아, 장사꾼인 내 아버지여, 내 성장을 가로막으려는 아버지여. 진정한 감미로움을 맛보려면 폭력이 필요하다는 사실을 아시나요? 당신 아들이 상궤를 벗어난 감미로움에 흠뻑 젖어 있음을 아시나요? 그렇다고 제가 몽상에 빠져 있는 건 아닙니다. 순결을 바라는 것도 아니지요. 순결은 불순을 도외시합니다. 그런 도외시를 저는 더 이상 원치 않습니다. 성가대석에 천사들만 자리한 교회는 이제 원치 않습니다. 성탄절이면 가난한 사람들이 빵 가게 진열창에 얼굴을 찰싹 붙이고 서 있듯, 거리로 쫓겨난 마귀들이 교회의 채색 유리창에 얼굴을 갖다 대고 있는 모습을 더는 보고 싶지 않아요. 이제는 형제애 가득한 헐벗은 삶밖에 원치 않습니다. 아, 분별 있고 이치를 따지기 좋아하는 내 아버지여. 만물에는 각자의 자리가 있다고 배운 대로 누구나 자신의 자리를 지켜야 한다고 당신은 믿었죠. 하지만 그렇지 않다고, 나는 당신께 분명히 말합니다. 우리는 천국에서나 각자의 자리를 받게 됩니다. 그때까지는 앞으로 닥칠 그날, 반드시 오고야 말 그날을 기다립니다. 주머니 속에 든 동전들처럼 우리가 하느님의 품안으로 빽빽이 모이게 될 날을 기다립니다. 그사이 저는 닫힌 정원들을 전부 통과하고, 온갖 돌담을 뛰어넘고, 멋진 무질서를 불러일으키며 모든 곳을 가 보렵니다.

어제는 공주들과 기사들의 꿈을 꾸었습니다. 오늘은 제 꿈보다 더 굉장한 것을 찾아냈지요. 사랑이 제 잠든 삶을 깨웠습니다. 저는 생명을 발견했으니, 이제 그것을 향해 떠나 그것을 위해 싸우며 그 이름을 섬기렵니다. 제가 떠나는데, 당신이 어떻게 막을 수 있겠습니까? 제 마지막 옷가지까지 당신께 넘깁니다. 우리는 사람들에게 무언가를 줌으로써 그들을 우리 곁에 붙들어 두죠. 당신이 내게 주었던 걸 이제 당신께 돌려드립니다. 생명을 제외하고요. 생명은 당신을 넘어선 곳에서 오거든요. 생명은 생명에서 오며, 저는 그 생명을 향해 갑니다. 눈雪처럼 맑은 눈을 한 연인, 내 작은 옹달샘, 유일한 아내를 향해서 말이죠. 생명이 제겐 전부입니다. 생명. 생명밖에는 없습니다."

젊은이는 헐벗은 몸으로 아버지에게서 멀리 떠난다. 유년기가 척박한 땅 위에 보일 듯 말 듯 아른거린다.

얼마 뒤 그가 입게 될 옷은 복음서의 한 구절이 결정짓는다. 옷은 입어야 하니까. 계절의 변화가 때로 사람들을 가혹하게 다루고, 땅도 늘 낙원이지만은 않으니 말이다.

고급 직물상의 아들은 거친 천으로 만든 겉옷을 입고, 허리엔 밧줄을 두른다.

사천 살, 그리고 먼지

Quatre mille ans et des poussières

재판이 있고 몇 시간 뒤, 그는 아버지가 거절한 축복을 우연히 만난 한 거지에게 구한다. 그렇게 진짜 부모를 얻은 그는 마침내 떠날 수 있게 된다. 진짜 아버지는 저주하는 자가 아니라 축복하는 자니까. 진짜 아버지는 자신의 말로 길을 트는 자며, 자식을 원한의 그물 속에 가두는 자가 아니다.

그는 숲속으로 들어가 고사리와 나뭇가지로 오두막을 짓는다. 우리는 그곳에서 그가 돌 위에 무릎을 꿇거나 풀밭 위에 누워, 기도를 하거나 잠을 자는 모습을 본다. 그렇다, 그러고 있는 그의 나이는 사천 살이다. 사천 살, 그리고 먼지. 그는 아브라함의 직계 후손이다. 성서에 기록된 그의 사촌과 조카와 숙부 들이 그의 곁에서, 전능하신 하느님의 총애를 받은 다윗 왕의 〈시편〉

을 읊는다.

그 순간, 그의 앞에는 미치광이 혹은 성인聖人의 길
이 열린다. 처음엔 두 길이 서로 다르지 않다. 그러다
점점 사이가 벌어져 그 차이가 확연히 드러난다. 출발
점에선 미치광이와 성인이 쌍둥이 형제처럼 서로 닮
아 있다. 양쪽 다 진실을 말한다. 미치광이와 성인 모두
자신들의 말이 진리라는 엉뚱한 주장을 한다. 나중에
가서야 사태가 달라진다. 미치광이는 진리를 말하면서
그 영광을 자신에게 돌리는 한편 거기서 이득을 취한
다. 그러나 성인은 진리를 말하기 무섭게 그 영광을 진
짜 수취인에게 돌린다. 누락된 주소를 봉투 위에 기입
해 넣듯 말이다. 나는 진실을 말하니 미치광이가 아니
라고, 미치광이는 말한다. 나는 진실을 말하지만 내 스
스로가 진실은 아니라고, 성인은 말한다. 나는 거룩하
지 않으며 오직 하느님만이 거룩하다고, 나는 당신들
을 그분께 되돌려 보낸다고, 성인은 말한다. 미치광이
와 성인은 역사 속에서 나란히 걸어간다. 그들은 서로
스쳐 지나가거나 서로를 찾거나 때로 마주치기도 하
는데, 이것이 미치광이에게는 더없이 큰 불행이요 재

앙이다. 네 복음서 저자 가운데 셋은 그리스도께서 악령 들린 자를 치유한 이야기를 들려준다. "그는 무덤들 사이에서 살았는데 아무도 그를 매어 둘 수 없었다. 쇠사슬도 소용이 없었다."* 미치광이는 죽은 자들과 함께한다. 그의 얼굴은 어둠을 향하고 있다. 그에게 영향을 미치는 건 오직 과거뿐이다. 그 무엇과도, 그 누구와도 관계를 맺을 수 없으며, 살아 있는 것들과 어떤 현실적인 관계 속으로 들어갈 수도 없다. 그러나 성인은 미래로부터 오는 무언가를 향해 뱃머리처럼 얼굴을 돌리고 있다. 온갖 천사들이 날라 온 하느님의 꽃가루인 현재를 수분受粉하기 위해서다. 성인은 가까운 것과 먼 것을, 인간적인 것과 신적인 것을, 살아 있는 것들을 끊임없이 연결 짓는다.

"내 손은 새의 보금자리를 움켜잡듯 민족들의 재물을 빼앗았고, 버려진 알을 모으듯 땅의 온갖 것을 모아들였다."** 이것은 위대한 예언자 이사야가 성서에서 들려주는 말이다. 금과 불로 가득한 목소리의 수레를 몰

---

* 마르코 5:3
** 이사야 10:14

고 가는 추수꾼 이사야다. 잉크의 철책 너머에서 꼬리를 부채처럼 펼치는 공작 이사야. 목소리의 갈기를 흔들어 대는 이사야. 포효하는 하느님, 질투하는 하느님, 질투로 병이 난 하느님, 마귀보다 사악한 하느님이다. 손 안에 세상이라는 알록달록한 알을 가진 어린아이 같은 하느님이 때로 그 알을 꽉 움켜쥔다. 손가락 관절이 하얗게 되도록 움켜쥐다가 껍데기에 금이 가기 직전에야 손가락을 푼다. 사람은 하느님의 형상대로 만들어졌다고 성서는 말한다. 실제로 사람과 하느님은 진노의 양상마저 닮아 있다. 사람이 회한 없이 사랑하기 어렵듯, 하느님도 마찬가지다. 흙과 영혼의 이 미심쩍은 혼합물에, 진흙과 소음으로 가득한 이 마음에, 어떻게 실망하지 않을 수 있을까? 오물로 변한 이 경이로운 대상을 마침내 고안해 낸 이는 누구며, 거주자들로 더럽혀진 이 집을 지은 이는 또 어떤 석공일까? "이런 일을 한 것이 누구냐? 태초부터 시대마다 사람들을 불러일으킨 것이 누구냐? 나, 야훼가 이 일을 시작했으며, 마지막 세대까지 이 일을 해 나갈 것이다."* 말씀의 화염을 토해 내는 이 사람은 곡예사 이사야다. 곰 조련

* 이사야 41:4

96

사 이사야다. 노여움에 제정신을 잃고 춤을 추며 사슬을 끊는 하느님이다. 아주 어린 아이에게서나 볼 수 있는 그런 노여움. 당장에는 어떤 부드러운 목소리에도 무감각한, 도무지 달랠 길 없는 노여움이다.

자신의 정당한 권리를 지키기에 열중해 있는 하느님이 말한다. "그들은 내게 모든 걸 빚지고 있다. 내가 없는 그들은 점토며 황량한 늪에 불과했다. 갈대의 살처럼 축축한 그들의 핏줄이 불같은 내 숨결을 담지 않았으면 생명의 도취감을 알 수 없었을 터, 그 생명을 어찌해야 할지 몰랐을 것이다. 멍청한 놈들, 생명은 내어주기 위해 있으며 그 밖에 다른 목적은 없는데 말이다. 내게 모든 걸 빚진 자들이건만, 태어나 아직 아장걸음 걸을 때 이미 내게서 멀어져 간다. 자신들의 음흉한 입김으로 내 숨결을 오염시키며, 자신들의 숨결로 내 숨결을 몰아낸다. 그들은 마른 점토에 불과하며, 식초로 채워진 가죽부대요 진흙이 가득한 유골단지다." 이렇게 자신의 목소리라는 막대로 세상의 머리통을 쳐 대는 이는 이사야다. 이사야인 동시에 하느님이다. 그 순간 하느님은 아버지 베르나르도네 같아서, 베르나르도네가 돈 곁에 바싹 붙어 있듯 그는 영혼들 곁에 바싹 붙어 있다. 그리고 셈을 하다 타산이 맞지 않으면 소리를 지르고 고함을 쳐 대며 저주를 퍼붓는다. 어디서 이런 자식들이 나오게 되었는지 의아해한다. 이것이 이사야며, 세상이 시작될 때의 하느님이다. 하느님이 땅위에 떼어 놓은 첫걸음이다.

초기에 사람들은 하느님에게 익숙해지기가 좀 어려웠다. 하느님 역시 사람들에게 익숙해지기가 좀 어려웠다. 13세기라면 아직 초기에 불과하다. 20세기라고 그다지 멀리 온 건 아니고 보면, 우리는 제자리걸음만 한 셈이다. 사람들을 향한 하느님의 이 진노의 진창 속으로 좀 더 깊숙이 빠져들었을 따름이다. 우리 신발에 묻은 흙이나 근사한 복장에 엉겨 붙은 피딱지가 증명하듯이 말이다.

아시시의 프란체스코는 이사야를 비롯한 예언자들의 무리를 모두 알고 있다. 그는 불의 뼈를 갉아먹는 성서의 개들과 목소리의 풀밭 위를 뒹구는 천사들, 그 모두를 안다. 성서 속 이야기를 자주 들었던지라 그 내용을 잘 알고 있다. 성서는 말씀의 책이어서 일단 말해진 건 바꿀 수 없음을 안다. 거기에 무엇 하나 첨가하거나 삭제할 수 없는 것이다. 단순한 이들의 웃음과 하얗게 칠한 현자들의 얼굴. 영혼이라는 발광성 물고기를 낚기 위한 그물. 버터 덩어리를 자르듯 세상을 가르는 최후 심판의 검. 목동이 수많은 양을 버리고 찾아 나서는 길 잃은 양. 솔로몬과 모세와 야곱과 아벨, 매춘부와 여왕과 미친 여자, 목동과 동방박사와 왕. 하느님이 자신의 창조물에 맞서는 법정에 그들 모두가 소환되어 증인으로 나섰다. 그들의 진술 모두가 청취되었고, 단번에 모든 것이 이야기되었다. 더는 아무것도 첨가할 게 없으며, 그저 따르기만 하면 된다. 폭탄이 터지며 야기된 기류보다 더 뜨거운 '말씀'의 숨결에 자신을 내맡기면 된다. 원자력 발전소의 수 톤 되는 콘크리트 밑에 에너지가 압축되어 있듯, 하느님의 목소리는 성서 속 수톤의 잉크 아래 들어 있다. 아시시의 젊은이는 이 목소리의 빛을 쬐고 만 것이다. 그는 이 목소리를 쉼표 하나 바꾸지 않고 그대로 전달하고 싶다는 생각뿐이다.

〈이사야서〉에서도 아시시의 프란체스코를 찾을 수 있다. 거기서도 그가 발견된다. 성서 도처에 프란체스코가 존재하듯, 〈이사야서〉에도 프란체스코가 존재한다. 일찍이 한 사람이 자신의 생명을 그토록 철저히 말씀과 일치시킨 적이 없었다. 자신의 숨결을 그토록 철저히 하느님의 숨결과 하나 되게 한 적이 없었다. 그러나 성서의 폭풍우 몰아치는 대목에선 그를 발견할 수 없으며, 그보다는 한 남자가 사랑하는 여인에게 속삭이는 말들 속에 그가 있다. "다시는 너를 **버림받은 여자**라 하지 않고, 너의 땅을 **황폐한 곳**이라 하지 않겠다. 이제 너를 **사랑하는 나의 임**이라, 너의 땅을 **내 아내**라 부르겠다."* 〈이사야서〉에는 그가 좌우명으로 삼은 또 다른 구절이 있다. "살아 있는 자, 살아 있는 자만이 당신을 찬미합니다."**

　그는 약자들이 좋아하는 저주에 관심이 없다. 그의 목소리는 조용하다. 너무도 조용한 목소리여서 가난한 사람들을 끌어들인다. 세상에서 시끄러운 고함소리밖에 듣지 못한 그들이 이 목소리를 듣고 다가온다. '지극히 낮으신 분'의 목소리며, 결코 '지극히 높으신 분'의 목소리가 아니다. 하느님은 단 한 분이심을 그는 안다. 그 자신은 무한한 진노보다 무한한 부드러움을 좋아하지만, 양쪽 다 똑같은 무한의 영역에서 ─ 무한한 사

＊　이사야 62:4
＊＊　이사야 38:19

랑에서 - 비롯됨을 잘 안다. 그는 이 모두를 꿰뚫고 있지만, 그래도 자신이 택한 방식을 선호한다. 유년기에서 빌려온 방식이다. 하느님의 품에서, 어머니의 치맛자락에 매달려 보낸 삶의 첫 시기에서 빌려온 방식.

예언자들은 사람들을 상대로 하느님을 이야기한다. 그러느라 쉬어 버린 그들의 목소리엔 야수의 우울함이 감돈다. 반면 프란체스코는 하느님을 상대로 사람들에 대해 이야기한다. 저마다 자신의 삶을 통해 - 오로지 자신의 삶을 시간 속에 지탱함으로써 - 풀어놓는 음, 그 순수한 음이 먼 하느님의 귀에 울려 퍼지도록 말이다. 가늘고 희미한 음이다. 이 음을 덮어 버리지 않으려면 가능한 한 낮은 소리로 이야기해야 한다.

어머니가 먼 곳에서 미소 짓는다. 어머니는 슬픔 속에서 승리를 구가한다. 곁에는 분노에 휩싸인 남자가 있다. 자신의 의무가 무언지 분명히 아는 장사꾼. 자신에게 모욕이 가해졌음을, 용서할 수 없는 모욕임을 아는 아버지. 침대엔 아버지와 어머니, 두 사람이 있다. 집엔 두 사람뿐이다. 상속권을 박탈당한 아들, 어린 음유시인인 이 이상한 청년을 어머니는 꿈길에서 재회

한다. 모든 어머니가 세상 첫날부터 되풀이해 시도했지만 결코 마무리할 수 없었던 일, 프란체스코의 어머니 역시 아들과 함께 시작한 일, 이 일을 이제 아들이 마무리하고 늘리고 완수할 것이다. 그는 세상의 요람 위로 몸을 숙이고 강자强者와 상인과 전사와 사제들에게, 심지어 하느님에게까지 침묵을 요구할 것이다. 그렇다. 지극히 높으신 하느님마저 침묵을 강요받을 것이다. 그분은 목소리가 너무 크니까, 아이들의 방에서 너무 큰 목소리로 말씀하시니 말이다.

내 형제 당나귀

Mon frère l'âne

참새가 말한다. 나는 그리스도의 수염에 붙은 빵 부스러기입니다. 그의 말씀 한 조각입니다. 세상 끝 날까지 사람들을 먹일 말씀이지요.

울새가 말한다. 나는 그리스도의 웃옷에 묻은 포도주 한 방울입니다. 봄이 오면 터져 나오는 그의 웃음소리입니다.

종달새가 말한다. 나는 그리스도가 내쉰 마지막 숨입니다. 나는 하늘로 곧장 치솟아 연푸른색 하늘을 부리로 두드리며 문이 열리기를 바라지요. 내 노래 속에 온 땅을 실어 나릅니다. 나는 바라고, 바라고, 바랍니다.

암수 할 것 없이 모든 새가 그렇게 지저귀며 노래

하고, 아시시의 프란체스코 곁에서 자신들이 부르는 노래의 본질을 깨닫게 된다. 나무 인간, 꽃 인간, 바람 인간, 땅 인간인 그의 곁에서.

새들은 성서의 첫 거주자들이다. 하느님이 잠에서 깨어난 직후, 인간이 출현하기 훨씬 이전에 그들은 이미 존재했다. 성서의 첫 페이지를 열기 무섭게 곧 시끄러운 소리가 들려온다. 하느님의 불길 속을 나는 새들. 사랑의 공포에 빠져 날개를 파닥이는 수천 마리의 새들.

우리는 〈창세기〉를 통해 성서로 들어간다. 〈창세기〉에 발을 들이면 마치 하느님의 흉곽 속, 횡격막이 있는 곳에 들어선 것 같다. 숨결이 파도처럼 밀려들면 세상이 몸을 일으키고 세상의 층 하나하나가 모두 꿈틀댄다. 우선 물과 땅이 모습을 드러내며, 잇달아 돌과 초목과 동물들이 차례로 생겨난다. 이윽고 숨결의 끝자락에 인간이 나타난다. 그런데 자신의 창조물과 대면한 하느님이 수수께끼 같은 무지를 드러내니 놀라운 일이다. 만물을 지으시는 그가 자신이 만드는 대상에 대해 아는 바가 전혀 없다. 동물들을 만드는 하느님이 그들의 이름을 모른다. "야훼 하느님이 들짐승과 공중의 새를 하나하나 흙으로 빚어 만드시고 아담에게 데려와 그가 이름을 짓는 걸 보았다. 아담이 각각의 동물에게 붙여 준 이름이 그대로 그들의 이름이 되었다."* 하느님 곁에서 짐승들은 이름과 동떨어져 살았다. 그들 안에는 최초의 침묵과도 같은 무엇이 깃들어 있다. 한편으론 하느님을, 다른 한편으론 사람을 닮은 그들은 겁먹은 표정으로 둘 사이를 방황한다. 아시시의 프란체스코는 새들에게 설교를 하며 바로 이 태초의 시간으로 돌아온다. 인간은 그들에게 이름을 줌으로써 자신의 개인사, 삶과 죽음의 재앙 속에 그들을 가둔다. 그러나 프란체스코는 그들에게 하느님에 대해 이야기함으로써 그들을 이런 운명으로부터 해방시켜 절대자에게로 되돌려 보낸다. 열린 새장이랄지, 만사가 유래한 그곳으로.

그는 종달새에게 말을 걸고, 늑대들과 대화한다. 돌들과 집회를 갖고, 나무들과 토론회를 연다. 그는 온 우주와 이야기한다. 사랑 안에서 만물은 말의 힘을 갖게

---
* 창세기 2:19

109

되고, 엄청난 사랑 안에서 만물은 의미를 부여받기 때문이다.

그는 그리스도인이니까 유대인이기도 하다. 성서는 그에게 가족 앨범이나 매한가지다. 그는 성서 속 유대인 조상들을 닮아 모호한 책 속에서처럼 세상 속을 헤맨다. 무의미한 글자에서 잇따르는 무의미한 글자로 참을성 있게 옮아가다 보면 그것들이 모여 마침내 명료한 하나의 문장이 된다. 그는 덧없는 생명 하나하나에게 다정하게 말을 걸며, 만물 위에 군림하는 영원한 사랑 속으로 그들 모두를 모아들인다.

유대인은 사랑으로 고통 받는 하느님이 자신을 위해 만들어 낸 백성이다. 오직 그분만을 위한 백성이다. 수세기 동안 하느님은 땅 위에서, 늪지대와 동굴 깊은 곳에서, 자신의 목소리를 초롱처럼 비추고 다녔다. 오랜 세월 그는 자신의 사랑과 광기에 제대로 응답할 누군가를 찾아다녔다. 그러나 아무도 찾아내지 못한 채 결국 자신이 직접 그 사람들을 지어냈다. 풍요로운 이집트 가장 천한 곳에 자리한 노예들, 그림자에 불과한 자들을 취하신 것이다. 그는 이 사람들을 자기 목소리의 보호 아래로 끌어 모은 뒤 그들에게 말씀하셨다. 나는 머나먼 땅, 물이 솟고 올리브나무가 있는 고장을 마음에 찍어 두었다. 오직 너희를 위해서다, 그 약속의 땅으로 너희를 인도해 데려갈 것이다, 라고. 이렇게 해서 그들은 길을 떠난다. 이집트에서 나와 사막 한가운데를, 성서 속 검은 문장들 속을 줄지어 걸어간다. 머리를 들고 바라보며 얼마나 먼 길인지, 얼마나 두꺼운 책인지를 짐작해 본다. 이따금 그들은 발길을 멈추고 불을 지피며 천막을 친다. 십 년 동안 열 페이지 위에 머무른다. 성서의 이 부분에 이르면 하느님이 계시지 않는다. 사랑의 역사를, 그림자들을 향한 자신의 끔찍한 사랑의 역사를 계속 써 나갈 하느님이 보이지 않는다. 이 지점엔 피로가 팽배해 있다. 피로가 납덩이처럼 목덜미 위로 떨어진다. 한 장에서 다른 장으로 그렇게 나아가는 게 고되다는 말이 아니다. 그들을 지치게 만드는 건 희망이다. 때로 그들은 낙담한다. 절망에 싸여 옴짝달싹할 수 없는 잠 속에 안주한다. 더 이상 한 발짝도 내디딜 수 없다. 한 발 내딛기가 불가능하다. 그들은 하느님을 저주하다가 마침내 그것마저 싫증이 난다. 그래서 자신들의 입맛에 더 맞는 다른 신을 섬긴다. 하느님이 부재한다면 뭐든 하느님으로 삼을 수 있으니까. 그러자 하느님이, 그들을 미친 듯이 사랑하시며 한 사람 한 사람을 헤아리시는 진짜 하느님이 오신다. 그가 천막의 말뚝을 뽑고 그들의 머리채를 잡아 미지근한 절망의 침대 밖으로 끌어내신다. 그리하여 그들은 모래언덕 사이로, 잉크 가득한 글귀들을 따라 다시 출발한다. 노인들은 죽고, 아이들이 태어난다. 시간이 흐른다. 성서의 한 페이지를 넘기면 한 세기가 지나간다. 한 세기, 혹은 두 세기다. 그들은 지치고 여윈 모습으로 〈민수기〉 22장이 시작되는 지점에 다다른다. 그들은 모압 땅에 와 있다. 모압 왕은 이 사람들이 자기 땅에 있는 걸 원치 않는다. 앞서 일어난 사건들을 이미 아는 그는 이 사람들을 두려워한다. 그래서 저주의 능력과 천둥 같은 목소리를 지닌 마법사 발람을 부른다. 발람은 처음엔 모압 왕의 청을 거절한다. 그러나 심중에서 선택을 하고서도 여전히 망설일 때 그렇듯 그는 자신에게 말한다. 가서 그 유대인들을 보고 그 자리에서 결정하자고. 그렇긴 해도 유대인들에게 해를 가하겠다는 결심은 이미 서 있었다. 그런데 그 순간 하느님이 개입한다. 아니, 하느님 대신 당나귀가, 정확히 말해 암탕나귀가 그 일을 한다. 발람은 이 암탕나귀를 타고 유대인들이 있는 곳을 향해 간다. 그런데 길 한복판에 천사가 나타난다. 천사는 손에 검을 쥐고 있다. 발람은 아무것도 보지 못한다. 그러나 당나귀는 천사를 보자 길을 벗어나 들판으로 향한다. 천사는 양옆으로 담이 쳐진 좁은 길 위에서 또 한 번 앞을 가로막는다. 당나귀는 담벼락을 스칠 듯 지나간다. 그 바람에 다리가 돌에 쓸린 발람은 욕설을 내뱉는다. 검을 든 천사가 세 번째로 나타나 앞길을 완전히 가로막자 당나귀는 그 자리에 눕고 만다. 발람이 당나귀를 치자 당나귀가 말을 한다. 당나귀는 천사를 본 이야기를 한다. 하느님의 뜻이 세 차례나 개입해 발람이 더러운 짓을 하지 못하도록 막으신 것이었다. 그제야 발람은 이해하고 애초의 계획을 포기하며, 이 그림자들이 그 다음 장의 사막을 향해 가도록 내버려 둔다.

이 이야기에서 우리는 두 가지 결론을 내릴 수 있다. 첫 번째는 당나귀가 천사를 본다는 사실인데, 그건 별로 놀라운 일이 아니다. 볼품없는 이 짐승을 한번 보는 것으로 족하다. 피로로 희끄무레해진 눈과 귀, 특히 축 늘어진 가련한 귀. 반쯤 찢겨 나간 귀는 종종 제대로 아물지 않은 상처로 너덜댄다. 그렇다, 앙상하게 야윈 그 몸뚱이와 털을 보노라면, 그처럼 초라한 모습으론 천사들의 넘쳐 나는 은총밖에 받을 수 없음을 이해하게 된다. 자석이 줄밥을 끌어당기는 것과 같은 이치다. 우리가 이 이야기를 통해 알게 되는 두 번째 사실은, 진리가 당나귀의 입을 통해 나올 수 있다는 것이다. 이 점역시 놀랄 필요가 없다. 진리는 대단해 보이는 우리의 부富나 우리의 정신과는 전혀 관계가 없으니까. 진리는 자체 안에 빛을 내포하며, 그걸 말하는 사람 안에 있지 않다. 진리는 초라하고 연약한 삶에 근접해 있을 때만 위대하다. 나사렛의 한 바보가 이 사실을 간파하고 있었다. 그는 나귀 새끼를 타고 예루살렘 성문으로 들어가 군중에 의해 왕으로 축성되지만 잠시 뒤 그들의 손에 죽임을 당한다. 진리가 가장 위대한 순간은, 그것을 선포하는 이가 굴욕을 당할 때다.

이제 아시시의 길 위에는 네 존재가 있다. 토비트의 개와 천사, 어린아이, 그리고 당나귀. 걷느라 숨이 찬

아이가 발람의 당나귀 등에 막 올라탄 참이다. 이렇게 넷이다. 주변 하늘을 가득 메운 무수한 새 떼는 제외하고.

실제로 프란체스코의 삶에도 당나귀가 한 마리 있다. 프란체스코가 잠들면 그도 잠들고, 프란체스코가 먹으면 그도 먹고, 프란체스코가 기도하면 그도 기도한다. 당나귀는 잠시도 프란체스코 곁을 떠나지 않고 첫날부터 마지막 날까지 그와 함께한다. 당나귀는 다름 아닌 프란체스코의 몸이다. 그는 자신의 몸을 '내 형제 당나귀'라 부른다. 이것은 몸을 외면하지 않으면서 그것으로부터 초연해지는 방법이다. 어쨌거나 이 동반자와 함께 천국으로 가야 하니까. 참을성 없는 이 살덩이, 거추장스러운 욕구들과 함께. 자갈투성이인 가파른 길, 노새가 가는 이 길을 통해서만 영원한 정상에 다다를 수 있다.

남자들이 프란체스코 곁에서 동물들을 따라간다. 믿기지 않는 것을 믿는 이 남자들의 수가 곧 열둘이 된다. 열둘이면 이미 적지 않은 수다. 그들을 위해 프란체스코는 계율을 만들어 교황에게 가져간다. 교황으로부터 정식 승인을 받기 위해서다. 모범생들의 자리라 할 만한 지도자의 자리에 그는 관심이 없기 때문이다. 새로운 교회를 만들겠다는 생각도 없다. 이미 너무 많은 교회가 존재하니까. "형제들은 정말이지 조심해야 합니다. 초라한 거처인 교회든, 당신들을 위해 구축된 그 무엇이든, 우리가 계율을 통해 약속한 거룩한 청빈에 부응하지 않는다면 그것들을 결코 용인하지 않도록 말입니다. 그곳에서 우리는 늘 이방인이나 순례자처럼 머물러야 합니다." 존귀하신 교황님, 저는 당신의 교회에 복종합니다. 하지만 이방인이나 순례자처럼, 그저 지나가는 객으로 그곳에 머무르렵니다. 세세한 준수 사항을 더없이 지고한 자유와 성심껏 결합시킬 수는 없을 테니까요⋯⋯

"아담은 집짐승과 공중의 새와 들짐승에게 이름을 붙여 주었지만, 그 가운데는 그의 일을 거들 짝이 보이지 않았다. 그래서 야훼 하느님께서 아담을 깊이 잠들게 하신 다음 아담의 갈빗대를 하나 뽑고 그 자리를 살로 메웠다."*

인간이 자신을 알려면 이름 이상의 것이 필요하다. 자아의 부재. '깊은 잠'과 잇따른 상실이 필요하다. 거기서 여자가 탄생한다. 창세의 최종적 개화, 창조의 궁극적인 지점이다.

여기서 다음의 사실을 인정해야 한다. 짐승들과 사람들이 프란체스코에게 다가오기 시작하지만, 그래도 이 이야기엔 아직 여자가 결핍되어 있다는 것. 어머니의 역할을 떠맡으며 하느님 자신의 과업을 완수하게 될 여자다.

---

* 창세기 2:20-21

여자들의 진영, 하느님의 웃음

Le camp des femmes, le rire du Dieu

남자들은 여자들을 두려워한다. 그들의 생명만큼이나 먼 곳에서 유래하는 두려움이다. 탄생 첫날부터이미 존재하는 두려움. 단지 여자의 몸과 얼굴과 마음에 대한 두려움일 뿐 아니라 생명에 대한, 하느님에 대한 두려움이다. 여자·생명·하느님, 이 세 가지는 밀접하게 연결되어 있기 때문이다. 여자란 무엇일까? 아무도 이 질문에 대답할 수 없다. 여자가 낳아서 먹이고달래고 돌보고 위로한 하느님 자신도 이 질문에 답할수 없다. 여자는 하느님이 아니다. 여자가 **온전히** 하느님일 수는 없다. 하느님이 되기에는 아주 조금 모자란다. 그러나 남자보다는 훨씬 덜 모자란다. 하느님의 웃음에 가장 근접한 것이 생명이라면, 여자야말로 생명이다. 여자는 하느님이 부재하는 동안 생명을 돌본다.덧없는 생명에 대한 투명한 의식과 영원한 생명에 대한 기본적인 감각을 떠맡고 있다. 남자는 여자에 대한 두려움을 극복하지 못한 채, 유혹과 전쟁과 일을 통해 그걸 물리칠 수 있다고 믿는다. 그러나 그 두려움을 정말로 극복하지는 못해, 영원히 여자를 두려워한다. 그는 여자에 대해 아는 바가 거의 없으며, 생명과 하느님을 음미할 줄도 모른다. 교회는 남자들의 산물이고 보면, 교회가 여자들을 경계하는 건 당연하다. 교회는 여자들과 하느님을 길들이려 하며, 넘쳐흐르는 생명을 계율과 제의라는 얌전한 침상 안에 가두어 두려 한다. 이 점에서 가톨릭교회도 다른 교회들을 닮았다.

1310년, 아시시의 프란체스코가 죽고 한 세기 뒤에, 교회는 『무화無化한 소박한 영혼들의 거울』이라는 책을 쓴 마르그리트 포레트*라는 여자를 화형에 처한다. 이 책에는 아시시의 프란체스코라면 인정했을 내용밖에 없다. 프란체스코가 말 대신 노래로 설파한 내용이 그 안에 그대로 들어 있다. 그녀는 사제들의 라틴어 대신 음유시인들의 프로방스어로 책을 쓴다. 참새들과 군주들의 언어며, 넘쳐흐르는 사랑을 표현하는 허기진

---

* 1250-1310. 중세유럽, 라틴어가 아닌 프랑스어로, 그것도 여성이 신학서를 썼다는 이유로 화형에 처해진 여성. 오늘날에 이르러, 최초의 여성 신학자로 평가된다.

언어다. 그녀는 지극히 높으신 분께도, 지극히 낮으신 분께도 호소하지 않는다. 그녀는 '멀고도 가까운 분'께 호소한다. 멀고도 가까운 분. 아내라면 누구나 남편에게 주게 될 이 이름을 그녀는 하느님께 드리며 말한다. 이곳에 있지 않지만 다른 곳에 있지도 않은 분. 정말로 부재하지도 않지만 정말로 곁에 있는 것도 아닌 분. 그녀의 책 안에 든 글귀 하나가 화형대 위 그녀의 몸처럼 오그라든다. 화염에 타들어 가면서도 그 명징함을 잃지 않는다. "어느 누구도 하찮은 사람이라 할 수 없다. 무한하신 하느님을 보도록 부름 받았기 때문이다." 1310년 6월의 어느 화창한 날 더운 공기 속에 떠다니던 이 구절은 그레브 광장에서 맴돌다 하늘 속으로 휩쓸려 들어가며 한 세기를 거슬러 올라가 아시시의 프란체스코가 걸친 거친 옷, 소매 위에 내려앉는다. 프란체스코가 한 말도 그것과 조금도 다르지 않다. 각각의 생명체들 간의 절대적인 평등. 그는 이 믿음과 완벽한 조화를 이루는 삶을 산다. 거지든 부자든 나무든 돌이든, 저마다의 삶에 똑같은 존엄성이 주어지는 것이다. 이 땅에 출현해 지고한 사랑의 햇빛에 잠겨 있다는 기적으로 족하다. 이처럼 같은 믿음을 두고, 한 사람은 성인으로 축성되며 다른 한 사람은 화형을 당한다. 따지고 보면 양쪽 모두 동일한 오해의 소치다. 찬미의 말과 저주의 말은 모두 그 대상에 대해 완전히 무지하기 일쑤며, 종종 같은 대상이나 사람을 두고 한 입술에서 연달아 쏟아져 나오기도 한다.

남자와 여자 간에 차이가 있다면 성性이 아닌 자리의 차이이다. 남자는 남자의 자리를 지키는 자며, 무겁고 진지한 모습으로 두려움 속에 안전하게 자리 잡는다. 여자는 어떤 자리에도, 심지어 그녀 자신의 자리에도 머무르지 않는 자다. 그녀는 언제나 자신이 부르는 사랑 속으로 사라져 버린다. 그녀가 부르고, 부르고, 또 부르는 사랑 속으로. 이 차이는 매순간 극복되어야 하는데, 그렇지 못할 경우 절망적인 것이 되어 버린다.

여자를 두려움의 대상으로만 느끼며 여자에 대해 아무것도 모르는 남자일지언정 여자들의 웃음소리를 들으면 멜랑콜리에 젖고, 무사태평으로 환히 빛나는 어떤 얼굴을 보며 주체할 수 없는 향수를 느낀다. 그 순간 그는 빛을 감지하기 시작하며 하느님의 일부를 엿본다. 남자가 여자들의 진영과 하느님의 웃음에 가 닿는 건 언제나 가능하다. 한 번의 동작으로 족하다. 온 힘을 다해 몸을 내던지는 아이들처럼, 단 한 번의 동작이면 된다. 넘어지거나 죽는 것을 겁내지 않는, 세상의 무게를 잊은 동작. 이렇게 남자는 과거가 가해 오는 진지함의 부담을 등한시하면서 자기 자신과 두려움에서 해방된다. 이런 남자는 이제 제자리를 지키지 않는 사람이다. 그는 성별이 갈라놓은 숙명도, 법이나 관습이 강요하는 위계질서도 더 이상 믿지 않는다. 그는 웃음 짓는 하느님 ─ 그리고 여자들 ─ 과 유사한, 어린아이 혹은 성자聖者다. 이 점에서 로마 교회는 다른 교회들과 구분된다. 그리스도만큼 여자들을 향해 얼굴을 돌린 이는 아무도 없었다. 나뭇잎 하나를 보려고 얼굴을 돌리듯, 여정을 계속할 힘과 의욕을 얻기 위해 강물 위로 몸을 숙이듯 말이다. 성서 속엔 새들만큼이나 많은 여자들이 등장한다. 처음에도 마지막에도, 여자들이 있다. 여자들은 하느님을 낳아, 그가 자라고 뛰어놀고 죽는 것을 지켜본다. 그리고 미친 듯한 사랑의 단순한 몸짓으로 그를 부활시킨다. 산과産科 병동의 후텁지근한 방에서든 선사시대의 동굴 속에서든, 태초부터 취해 온 똑같은 몸짓이다.

광적이다시피 순진하게 성서의 말씀을 따랐던 아시시의 프란체스코는 자신의 누이이자 분신과도 같은 한 상냥한 여인과의 만남을 피해 갈 수 없었다. 그녀에 대해선 아무 할 말이 없다. 한 쌍의 무지개 같은 둘 사이에서 온갖 사랑의 뉘앙스와 꿈의 색조가 서로에게 전달되며 서로를 완성한다고 밖에는. 그녀에 대해선 이름 외에는 할 말이 없다. 그녀가 누구며 무엇을 선사하는지, 그녀의 이름이 말해 준다. 클라라. 숲속 빈터 clairière, 채광창claire-voie, 투시력clairvoyance, 섬광éclair, 맑게 갠 날씨éclaircie. 이 모든 말 속에 그녀의 이름이 들어 있고, 이 모든 빛이 그녀에게서 온다. 부모가 결혼을 시키려 하는 열여섯 살 난 처녀, 옛 프랑스 노래 가사에서 볼 수 있는 그런 처녀다. 사람들이 가르쳐 주는 노래에 반항하는 새. 유서 깊은 한 그루 나무 이파리들 속에서 시들어 가기보다는 비가 내리치는 길 위에서 깡충대며 뛰어다니기 좋아하는 참새다. 넌 나중에 뭐가 되고 싶지? 라고 사람들은 아이에게 묻지만, 아이는 이 '나중'이 무얼 의미하는지 모른다. 만물이 놀랍도록 현존하는 현재만 알 뿐이다. 나중에 넌 누구와 결혼하고 싶

126

지? 아이의 빼어난 아름다움 앞에서 마음이 불안해진 사람들은 이렇게 물으며 결혼으로 그것에 끝장을 내라고 부추긴다. 결혼은 사랑을 닳고 지치게 만들며, 세상의 속성인 심각하고 무거운 무언가로 데려가기 때문이다. 하지만 그녀가 결혼하고 싶은 남자는 그곳에 없으며, 나중에도 없을 것이다. 거기 없다고 다른 곳에 있는 것도 아니다. 지극히 높으신 동시에 지극히 낮으신 이, 멀고도 가까운 분이다. 어떤 운명의 장난에 굴하지도, 잃어버린 사랑을 아쉬워하지도 않는 분. 잃어버릴 수도, 붙잡을 수도 없는 분. 있으면서도 없는 분이다.

옛 노래 가사처럼 처녀는 밤중에 부모의 집을 떠난다. 높다란 장작더미로 막아 둔 비밀 문을 통과한다. 손으로 장작을 하나씩 걷어 내고 별이 총총한 밤길로 나선 그녀는 납치를 꿈꾸었던 이에게로 달려간다. 마음속 임금님, 도주의 왕자, 아시시의 프란체스코에게로. 두 사람은 똑같이 서로를 사랑한다. 결이 같은 두 사람은 같은 술에 취한다. 그녀는 반짝이는 드레스를 거친 모직 작업복과 바꾸게 되며, 이제 두 사람은 세월을 함께함과 동시에 떨어져 있게 된다. 그의 목소리의 덫에 하늘의 새들과 들의 짐승들과 도시의 사람들이 걸려들고, 그녀가 던지는 하느님의 그물 안엔 더 많은 처녀들, 더 예쁜 처녀들이 몰려든다.

두 밀렵꾼. 하느님의 보이지 않는 영지에 사는 두 유목민.

예전의 소학교 아이들처럼 두 사람은 떨어져 있다. 그녀는 여자들 편에, 그는 남자들 편에. 외관도, 사는 장소도 다르다. 그러나 영혼의 끝없는 대화를 통해 두 사람은 하나가 된다. 특별한 대화 상대를 찾아낸 기쁨으로 둘은 결합되어 있다. 그는, 그녀는, 모든 것을 듣는다. 침묵조차도. 침묵 속에서 스스로에게조차 할 수 없을 말까지도. 오라비와 누이. 그가, 그녀가 없었다면 땅 위에서 흐른 시간은 그저 시간에 불과했을 것이다. 정말 그랬을 것이다.

진실을 이야기하는 전설. 죽은 증거들이 아닌, 영혼들의 핏속에 깃든 진실이다. 그 전설에 의하면, 프란체스코는 클라라가 수녀들과 함께 사는 수녀원을 방문

하는데, 그날 그곳에 멀리서도 눈에 띄는 화재가 난다. 아시시 사람들이 불을 끄러 달려오지만, 그곳엔 불길도 화염도 없고 조촐한 식사를 사이에 두고 앉은 프란체스코와 클라라만 있다. 그리고 두 사람 사이에 머무르는 강렬한 빛, 도무지 사그라질 줄 모르는 광채.

그가 그녀보다 먼저 죽지만, 그런 건 아무래도 좋다. 사랑은 처음 시작되는 순간, 첫 전율을 느끼는 순간 이미 시간에 대한 오래된 관념을 파괴하니까. 전과 후의 구별이 사라지고, 살아 있는 자들의 영원한 오늘이 지속될 뿐이다. 사랑으로 충만한 오늘뿐이다.

노쇠한 하느님

Cette vieillerie de Dieu

그는 목소리로 유혹한다. 육신의 목소리로 늑대를 유인하고, 한술 더 떠 사람들을 유인한다. 그러나 육신이 내뿜는 천사 같은 숨결, 영혼으로부터 울리는 이 육신의 목소리를 일곱 세기가 흐른 뒤 어떻게 들을 수 있을까? 목소리는 그것을 담고 있던 몸과 함께 사라졌다. 노래는 새와 함께 날아가 버렸다. 깃털 몇 개와 유품들은 보존되어 있다. 모직 겉옷 한 벌과 해골은 남아 있다. 그러나 목소리는 영원히 사라지고 없다. 더 이상 새도, 노래도 없다. 단지 빛이 남아, 그 안에서 노래가 길을 잃고 헤맨다. 일상의 삶을 비추는 닳지 않는 빛, 수 세기를 변함없이 이어져 내려온 빛이다. 그렇게나 젊은 빛이 지닌 너무 늙은 이름, 어떤 언어에 담아도 눈먼 이름, 어떤 목소리에 담아도 빛깔 없는 이름 – 하느님. 하느님이 남는다. 이 오래된 태양을 출발점으로 만사가 잠에서 깨어난다. 새도, 노래도.

한 사람에 대해 알고 싶다면 그의 삶이 남몰래 지향하는 대상을 찾아야 한다. 그 사람은 어느 누구보다 이 대상에 대고 말한다. 우리에게 말하는 것처럼 보일 때조차 그렇다. 그가 자신을 위해 선택한 이 대상에 만사가 달려 있다. 그가 침묵 속에서 대면하는 이 대상에 모든 게 달려 있다. 이 대상에게서 인정받기 위해 그는 사실과 증거를 축적했으며, 이 대상으로부터 사랑받기 위해 현재와 같은 삶의 모습에 이르렀다. 대부분의 사람들에겐 단 한 명의 대상이 있다. 아버지 혹은 어머니다. 부재不在를 통해 지고의 권력을 행사하는 이 인물들은 자신들이 줄 수 없었던 무언가를 강요하며 자식의 삶에 엄청난 부담으로 작용한다. "내가 하는 걸 보세요. 당신을 위해 하는 일이에요. 당신의 사랑을 얻기 위해. 마침내 내게 눈길을 돌리도록 하기 위해서죠. 당신의 환한 눈빛을 보면 나 자신이 존재한다는 확신을 얻을 수 있으니까요." 이렇게 많은 이들이 환영에 굴복해 아버지의 정원이나 어머니의 방에 칩거한다. 생의 말년에 이르기까지 부재자에게 청원한다. 그러나 아시시의 프란체스코는 그러지 않는다. 그런 사람들의 무리에 끼지 않는다. 소송이 있던 날, 아버지와 함께한 긴긴 이야기에 종지부를 찍는다. 알몸으로 다시 태어나, 아들이라는 낡은 옷을 벗어 던진다. 알몸에, 백지 같은 영혼이 된다. 당신에게서 벗어나려고 나는 모든 걸 버립니다. 당신이 형성한 나의 모습과는 다른, 약자의 모습이 됩니다. 당신의 힘을 피해가는 이 약자에게 당신은 더는 맞설 수 없습니다. 저는 하느님에게로 돌아갑니다. 당신은 그분의 한 형상 – 모든 형상이 그렇듯 실망스러운 – 에 지나지 않아요. 그분은 당신보다 훨씬 가벼운 아버지입니다. 그분은 내가 가고 오는 걸 지켜봅니다. 곁에 없을 때 당신보다 훨씬 덜 위협적이고, 함께 있을 땐 내게 훨씬 많은 놀이를 허락합니다. 당신처럼 돈과 의무와 심각한 과업을 신뢰하지도 않습니다. 게다가 아이들, 개, 당나귀 같은 하찮은 무리와 함께하는 데 시간을 몽땅 쏟아 붓습니다.

어머니들은 자식들을 미친 듯이 사랑한다. 그런 미친 방식으로밖에는 사랑할 줄 모른다. 그들은 자기 아이를 세상의 중심에 두며, 세상을 자신들 마음의 중심에 둔다. 아시시의 프란체스코는 어머니에게 저항하지 않고 그 뜨거운 사랑을 온 세상에 전파하며 어머니에게서 벗어난다. 이제는 무수한 중심과 외자식들과 여왕의 아들들만 있는 세상이다. 내 누이 강, 내 아우 바람, 내 누이 별, 내 아우 나무…… 모든 것이 그에 의해 배치되고 응분의 자리를 되찾는다. 만사가 동일한 근원의 강렬함을 발산하며 무한한 어머니의 손안에 놓이게 된다. 영원히 자식을 염려하며, 영원히 시간에 사로잡혀 있는 정신 나간 어머니.

하느님. 노쇠한 하느님. 긴긴 세월의 어둠 속에서 타오르는 낡은 촛불인 하느님. 새빨간 도깨비불. 사방에서 불어오는 바람에 심지가 잘린 가련한 초. 현대를 사는 우리로선 더 이상 어찌 해야 할지 알 수 없게 되어 버린, 노쇠한 하느님이다. 우리는 이성적인 사람들이다. 어른이다. 우리는 더 이상 초를 켜 주변을 밝히지 않는다. 한때 우리는 교회가 우리를 하느님으로부터 해방시켜주기를 기대했었다. 교회는 그러려고 있는 것이니까. 무슨 종교든 우리에게 방해가 되지 않는다. 그것들은 무거우며, 그렇기 때문에 오히려 안심이 된다.

불쾌한 건 가벼움이다. 하느님 안에 내재한 하느님의 가벼움. 영혼 안에 내재한 영혼의 가벼움. 어쨌거나 우리는 교회를 떠나 먼 길을 왔다. 유년기에서 성년기로, 오류에서 진리로 넘어왔다. 우리는 이제 진리가 어디에 있는지 안다. 진리는 섹스에 있고, 경제에 있고, 문화에 있다. 우리는 이 진리의 궁극적인 진실이 어디에 있는지도 잘 안다. 다름 아닌 죽음이다. 우리는 섹스를 믿고, 경제를 믿고, 문화를 믿고, 죽음을 믿는다. 그 모두를 아우르는 결정적인 한마디는 결국 죽음이라 믿는다. 죽음이 이를 갈며 먹이를 단단히 물고 있다고. 우리는 이런 믿음의 정상에서 너그러우면서도 경멸 어린 심정으로 - 무언가를 정상에서 내려다볼 때 늘 그렇듯 - 지난 세기들을 내려다본다. 과거의 오류를 탓할 수는 없다. 분명 필요한 오류였을 테니까. 하지만 이제 우리는 성장했다. 이제 우리는 강하고 이성적이며 성숙한 것만을 믿는다. 그렇다면 어둠 속에 흔들리는 촛불보다 더 유치한 건 없다.

하느님. 그토록 가난한 하느님. 빛 속에서 빛이 지글대며, 침묵이 침묵에 대고 속삭인다. 아시시의 프란체스코도 그처럼 침묵에 대고 말한다. 새들에게, 혹은 무사태평한 누이 클라라에게 이야기할 때 그렇게 한다. 그는 사랑에 빠져 있다. 사랑에 빠진 사람은 연인에게, 오직 연인에게만 말한다. 언제나, 어디서나. 연인에게 무어라 말하는가? 사랑한다고 말한다. 하나 마나한, 그저 보일락 말락 한 미소에 불과한 말. 상대의 소원을 들어주는, 넘치도록 들어주는 주인에게 하인이 더듬대며 하는 말.

누군가 프란체스코의 말들을 얇은 책 속에 모아 두었다. 진짜 가난한 사람의 말을 담은 책이다. 아름다울 것도 없는 편지들, 우아하지도 않은 기도. 너무 자주 빨고 기운, 가난한 사람의 닳은 옷 같다. 성서에서 빌려와 짜 맞춘 것들. 여기에 시편 한 편, 저기에 또 한 편, 그것으로 충분하다. 기도하기, 허공이 우리의 말을 씻어 내도록 허공에 대고 말하기, 라는 의도한 바가 달성된다. 너를 사랑해. 하느님을 향해 쏘아진 이 말은 불화살처럼 어둠을 뚫고 들어가선 미처 과녁에 닿기 전에 꺼지고 만다. 너를 사랑해. 이것이 그가 하려는 말 전부이다. 거기서 어떤 독창적인 책, 작가의 책이 탄생할 수는 없다. 사랑은 전혀 독창적이지 않으니까. 사랑은 작가의 발명품이 아니니까.

사랑을 하는 그는 공을 들고 벽 앞에 선 아이 같다. 그는 자신의 말을 던진다. 빛을 발하는 말의 공 '너를 사랑해'는 혼자서 둘둘 감긴다. 그는 그 공을 벽에 대고 던지지만, 남은 세월 내내 벽은 그에게서 날마다 멀어져 간다. 되돌아오기를 기대하며 수천 개의 공을 던지지만 돌아오는 공은 하나도 없다. 그래도 그는 멈추지 않는다. 언제나 미소 띤 얼굴이며, 믿음을 잃지 않는다. 그에게는 놀이 자체가 보상이다. 사랑하는 것 자체가 보상이다.

그렇긴 해도 그에겐 할 말이 조금 더 남아 있다. 그가 말한다. 너를 사랑한다고. 너를 그렇게 조금 사랑해서 미안하다고. 너를 제대로 사랑하지 못해서, 사랑할 줄 몰라서 미안하다고. 빛에 다가갈수록 어둠으로 가득한 자신의 모습을 보기 때문이다. 사랑을 할수록 자신이 사랑할 자격이 없는 사람임을 알게 된다. 사랑에선 진전도, 언젠가 도달할 수 있는 완벽의 지점도 없기 때문이다. 어른스럽고 성숙하며 이성적인 사랑이란 있을 수 없다. 사랑 앞에선 어른이 없으며 누구나 아이가 된다. 완전한 신뢰와 무사태평을 특징으로 하는 아이의 마음, 영혼의 방치가 있을 뿐. 나이는 합산을 하고, 경험은 축적을 하며, 이성은 무언가를 구축한다. 그러나 어린아이의 마음은 아무 계산도 하지 않고, 축적하지도 구축하지도 않는다. 어린아이의 마음은 언제나 새롭고, 언제나 태초에서 다시 출발해 사랑의 첫발을 떼어 놓는다. 이성적인 사람은 축적되고, 쌓이고, 구축된 사람이다. 그러나 어린아이의 마음을 지닌 사람은 이런 합산의 결과물인 사람과는 반대된다. 그는 자신에게서 벗어나 있으며, 만물의 탄생과 더불어 매번 다시 태어난다. 공을 갖고 노는 바보, 혹은 자신의 하느님에게 이야기하는 성인聖人이다. 동시에 둘 다거나.

세상에는 세상에 저항하는 무언가가 있다. 이 무언가는 교회에도, 다양한 문화에도, 사람들이 자신에 대해 지닌 생각 속에도 없다. 사람들이 진지하고 성숙하고 이성적인 존재로서 자신들에 대해 갖고 있는 치명적인 믿음 속에는 없다는 말이다. 이 무언가는 어떤 대상이 아니라 하느님이다. 어디에 머무르든 자신이 있는 곳을 곧 뒤흔들어 놓아야만, 내동댕이쳐야만 직성이 풀리는 하느님이다. 무한한 하느님은 아이들이 부르는 노래의 후렴구나 가난한 이들이 흘린 피, 소박한 사람들의 목소리 안에만 머무를 수 있다. 그것들이야말로 자신들의 열린 손 안에 하느님을 붙잡아 둔다. 비에 흠뻑 젖은 참새를, 뼛속까지 얼어붙은 채 시끄럽게 울어 대는 한 마리 참새를. 새처럼 지저귀는 하느님이 그들의 빈 손 안으로 와 모이를 쪼아 먹는다.

하느님은, 아이들만 알며 어른들은 모르는 무엇이다.

어른에겐 참새들을 먹이느라 낭비할 시간이 없다.

당신들은 저를 사랑한다 말하면서

제 마음을 슬프게 합니다

Vous dites m'aimer et vous m'assombrissez

13세기는 십자군의 세기이다. 여우와 늑대가, 이슬람교도와 기독교도가 맞선다. 성서 아래 묻힌 같은 아버지 아브라함의 후손인 그들은 그의 유해를 차지하기 위해 물어뜯고 싸운다. 종교는 사람들을 하나 되게 만드는 것인데, 증오만큼 종교적인 게 없다. 사랑은 여린 얼굴이나 목소리로 사람들을 하나씩 해방시키는 반면, 증오는 어떤 강력한 이념이나 이름 아래 사람들이 대거 모이도록 한다. 아시시의 프란체스코는 팔레스타인으로 가서, 군중이 겁을 주고 교회가 성가시게 하는 하느님에 대해 이야기한다. 그는 참새들에게 하는 똑같은 말을 전사戰士들에게 한다. 설득하려 들지 않는다. 설득 또한 정복이니까. 그는 철갑도 언어의 갑옷도 없이, 희미한 노래의 승리만을 구한다.

팔레스타인의 빛은 호수들의 물과 예언자들의 이름을 어루만진다. 그러나 아시시의 빛보다 더 부드럽지는 않다. 다른 곳보다 더 진정한 빛도 아니다. 팔레스타인에는 빈 무덤밖에 없다. '성스러운 땅'은 없다. 모든 땅이 성스럽거나, 아니면 그 어느 땅도 성스럽지 않다. 그는 이 빛 속에서 몇 달을 보낸 뒤 그를 필요로 하는 유럽으로 돌아온다. 이제 그를 따르는 이들이 수천 명이다. 저마다 진리의 길을 간다고 믿으며, 자신의 일시적인 기분을 사랑과 혼동한다. 한쪽에선 피가 끓어오르고 충동의 혼란을 겪는 반면, 다른 쪽에는 목을 꼿꼿이 세운 엄격한 정신들이 자리한다. 그들은 프란체스코의 게임에 끼고 싶어 하지만, 대신 한 가지 조건을 내세운다. 그 규칙을 바꾸라는 것이다. 같은 규칙을 두고 어떤 이들은 그것이 지나치게 엄격하다 여기고, 다른 이들은 충분히 엄격하지 않다고 여긴다. 무언가를 반쯤 이해한다면 전혀 이해하지 않은 거라는 진리를, 프란체스코가 그들에게 환기시켜야 한다. 한쪽 사람들에게 그는 말한다. 당신들은 자신들의 술렁이는 핏속에서 행복을 찾습니다. 그 행복을 때로는 찾고, 때로는 잃습니다. 그러나 제가 말하는 기쁨은 그런 행복과는 전

혀 무관합니다. 그건 행복도 불행도 아닙니다. 행복에
도 불행에도 무심합니다. 저는 그걸 당신들 안에서 찾
으라고 하지 않습니다. 그저 자기 자신을 잊은 빈 땅처
럼 되라고 합니다. 내리치는 비도, 따스한 햇볕도 똑같
이 받아들이는 빈 땅이 되라고. 그는 다른 쪽 사람들에
게는 다음과 같이 말한다. 당신들은 자신들의 사막 같
은 영혼 속에서 완벽을 찾습니다. 그러나 저는 당신들
에게 완벽하라고 하지 않습니다. 그저 사랑하는 사람
이 되라고 합니다. 둘은 결코 같지 않으며, 오히려 정반
대입니다. 이렇게 말한 뒤 그는 불쑥 모두에게 고백한
다. 사실 하느님에 대해 얘기할 땐 제가 무슨 말을 하는
지 잘 모릅니다. 모르면서 말합니다. 그렇다면 제 말에
귀 기울인다고 하는 당신들이 어떻게 그 문제에 대해
저보다 더 박식할 수 있을까요? 당신들은 제 동반자라
말하지만 제 마음을 알지 못합니다. 저를 사랑한다 말
하면서 제 마음을 슬프게 합니다. 당신들은 숲속의 새
들 전부를 합한 것보다 더 시끄럽게 울어 대고, 노래를
닮은 그 무엇도 당신들 입술엔 떠오르지 않습니다. 노
래하는 이는 자신의 목소리로 달아오르죠. 사랑하는
이는 그 사랑 때문에 녹초가 됩니다. 노래는 그런 작열

이며, 사랑은 그런 피로입니다. 그러나 당신들에게선 그렇게 달구어진 모습도, 지친 모습도 볼 수 없죠. 당신들은 사랑이 당신들을 가득 채워 주길 기대합니다. 그러나 사랑은 아무것도 – 당신들 머릿속에 뚫린 구멍도, 마음속 심연도 – 채워 주지 않아요. 사랑은 충만한 상태라기보다 우선 결핍이니까요. 사랑은 결핍의 충만함입니다. 맞아요, 이해하기 힘든 일이죠. 하지만 이해 불가능한 일도 그 실천은 참으로 단순합니다.

한 사람이 삶을 통해 쌓아 올린 것이 그를 움켜쥐고 질식시키는 순간이 찾아온다. 너는 자신의 삶을 '만들어간다'고 믿었지만, 이제 그 삶이 너를 해체시킨다. 이런 불운이 팔레스타인에서 돌아온 프란체스코를 기다리고 있다.

네 마음속엔 세상을 불태울 만한 무언가가 있었다. 그런데 넌 고작 수도회를 하나 더 만들어 냈을 뿐이다. 그것도 대단한 일이긴 하다. 그런데 이 '대단하다'는 게 사실은 아무것도 아니다. 넌 아직 살아 있는데 이미 프란체스코회의 정신을 연구한 장서들이 있고, 가난의 개념을 숙고하는 신학자들이 있다. 그들은 잉크를 우유처럼 휘저으며, 사람들에겐 쏟으려 하지 않는 정성을 양피지 위에 쏟는다. 너는 누더기를 두른 거지들이 더 이상 없기를 바랐지만 수도사들의 망토만 더 늘어났을 뿐이다.

　떠나야 한다. 다시 떠나야 한다. 끊임없이, 끝없이 떠나야 한다. 아브라함은 첫 떠남을 시도했다. 그 떠남은 그에게 모든 걸 요구하는 불가능한 것이었지만, 그래도 떠남은 이루어졌다. 그렇게 모든 것과 작별하고 먼 나라를 갈구함으로써 그에게 한 아들이 태어났다. 그의 살 중의 살, 기쁨 중의 기쁨인 아들. 그런데 그는 이제 다시 떠날 것을 요구받는다. 처음 했던 일을 또다시 하지 않으면 안 된다. 두 번째도 첫 번째처럼 불가능한 일이다. 오히려 첫 번째보다 훨씬 힘들며 비교도 안 될 만큼 더 가혹한 일이다. 자신의 가족과 언어와 고장을 떠나는 건 아무것도 아니었다. 그런데 이제 그 미친 하느님은 그에게 아들을 버리라고, 산 채로 자신의 생명을 잘라 내라고 명한다. 술 취한 하느님이 자기가 준 선물을 다시 빼앗고 자신이 한 말을 짓뭉갠다. 사실 우린 그 무엇의 주인도 아니다. 우리가 창조해 낸 건 재빨리 우리에게서 떨어져 나간다. 우리의 작품이 우리를 모른다 하고, 우리 자식도 우리 자식이 아니다. 우리가 창조해 낸 건 아무것도 없다. 아무것도. 사람에게 세월은 뱀의 껍질과 같아서, 햇빛 아래 한순간 반짝이다가 그에게서 떨어져 간다.

프로방스의 프란체스코, 아시시의 조반니여, 그게 너를 기다리는 것이다. 이제 또 한 번 허물을 벗어야 한다. 첫 번째 경험은 네게 아무 도움이 되지 않을 것이다. 네가 처음 떠났을 때 사람들은 깜짝 놀라며 그 출발이 얼마나 근사했는지, 그 부재가 얼마나 빛났는지 네게 환기시켜 주었다. 경멸의 바다 속에 빠뜨릴 수 없는 자들을 사람들은 품 안에 껴안아 질식시키기 때문이다. 그러니 이제 두 번째로 떠나야 하며, 네 첫 떠남에서 멀어져야 한다.

세상은 잠을 원한다. 세상은 잠에 지나지 않는다. 세상은 졸음에 빠진 세상을 반복하기를 원한다. 그러나 사랑은 각성을 원한다. 사랑은 매번 새롭게 시도된 각성이며, 매번 처음이 된다. 세상이 상상할 수 있는 종말은 오직 죽음, 이 잠의 도취상태다. 세상은 모든 걸이 종말로부터 바라본다. 첫 순간 - 첫걸음, 첫 미소, 첫

눈물 – 은 좀 더 쉬운 두 번째 순간으로 이어지기 마련
이라고 생각한다. 두 번째는 더 기계적으로 이루어지
므로 첫 번째보다 순조롭다고 생각한다. 그리고 두 번
째는 세 번째로, 이미 몽유병에 들어 한층 쉬워진 세 번
째로 이어진다. 그렇게 사람들은 서서히 파괴되고 필
연적인 마멸을 겪으며 마지막 순간에 이른다. 마지막
하품, 최후의 무기력 상태에 이르는 것이다. 아이가 어
른이 되고, 어른은 죽음을 맞는다. 이것이 세상의 논리
다. 이것이 삶에 대한 세상의 초라한 관점이다. 새벽녘
에 나타나 떨리던 빛은 점점 사그라들 줄밖에 모른다.
그런데 바로 이런 논리를 너는 뒤집어 엎어야 한다. 두
번째 떠남을 시도해야 한다. 이 두 번째는 첫 번째보다
새로워야, 철저히 새로워야 한다. 훨씬 큰 사랑으로 새
로워야 한다.

　사람들은 장님처럼 더듬으며 삶 속을 나아간다. '말
言'이 그들의 흰 지팡이이다. 말이 장애물을 예고하고,
그들의 피에 첫 형태를 부여한다. 사전에 의하면 '도로
route'라는 말은 '단호히 끊어 버리다'라는 뜻의 라틴어
룸페레rumpere라는 접토질 어원 – 그 후 '숲을 가로질러

난 길'이라는 의미의 룹타rupta가 되는 - 에서 13세기에 등장했다. 마치 아시시의 프란체스코를 위해, 세상에서 잘리고 끊긴 길을 스스로 열어 나가는 사람을 위해 만들어진 말 같다. 사랑을 사랑하기에 일족을 저버리고 모두를 저버린 채, 구불구불한 곡선들로 긴 직선을 만들어 가는 사람.

이제 만사가 순식간에 진행된다. 몇 년이 빛처럼, 물처럼, 바람처럼 지나간다. 그는 자신의 추종자들을 위해 생활 규범을 작성한다. 영혼의 큰 기쁨, 미래에 대한 무심, 생명 일체에 대한 절대적 관심이라는, 단순한 규범이다. 그 무엇에도 집착하지 않는 데서 행복을 맛보며, 존재하는 모든 것 앞에서 경이로움을 느끼기. 제자들이 좀 더 이해하기 쉽도록 그는 다음과 같은 이야기를 들려준다. 기쁨이 무언지 알고 싶습니까? 그게 무언지 정말 알고 싶나요? 그렇다면 귀 기울이십시오. 밤입니다. 비가 내리고 나는 배가 고픕니다. 나는 밖에서 내 집 문을 두드리며 내가 왔음을 알립니다. 그러나 아무도 문을 열어 주지 않아, 나는 문 앞에서 비를 맞으며 굶주린 채 밤을 보냅니다. 기쁨이란 바로 그런 것입니다. 이해할 수 있는 사람만 이해하십시오. 듣고 싶은 사람만 들으십시오. 기쁨이란 더 이상 자기 집에 있지 않는 것, 언제나 바깥에 있는 것입니다. 성한 데 없이 모든 것에 굶주린 채, 마치 하느님 배 속에 든 것처럼 세상 밖 어디에나 존재하는 것이지요.

그리고 그는 나무들의 푸른 고독, 돌들의 잿빛 고독 속으로 물러난다. 병이 눈을 침범해 시력을 앗아 간다. 그는 상처를 준 태양에게 감사의 편지, 찬양의 노래를 쓴다. 그가 무척이나 사랑했을 이 삶에 고하는 마지막 작별인사다. "우리의 누이인 땅을 주신 주님, 찬미 받으소서. 땅은 우리를 지탱하고 다스리며, 우리에게 색색의 꽃과 풀을 줍니다." 이 〈태양의 노래〉는 아침 이슬과 붉은 첫 새벽 기운이 지니는 생생한 아름다움을 전해 준다. 두 가지 판본이 있지만, 둘 사이엔 거의 차이가 없다. 두 번째 노래에도 첫 번째 노래가 그대로 들어 있다. 몇 주의 침묵이 지난 뒤 프란체스코는 문구 하나를 첨가한다. 눈부신 문구, 침묵과 맺어진 빛의 언어다. "우리의 누이인 죽음을 주신 주님, 찬미 받으소서."

우리의 누이인 죽음을 주신 주님, 찬미 받으소서.

이 문구를 쓴 사람, 이 말을 할 수 있는 마음의 사람
은 이제 자신에게서 한없이 멀어져 만물에 바싹 다가
가 있다. 그 무엇도 그를 그의 사랑에서 더 이상 떼어
놓을 수 없다. 그의 사랑은 어디에나 있고, 그를 꺾으러
온 죽음 속에도 있기 때문이다.

우리의 누이인 죽음을 주신 주님, 찬미 받으소서.

이 문구를 속삭이는 사람은 삶의 긴 노역 끝에 와
있다. 생명 자체와 우리의 생명 사이 도처에 놓인 그 단
절의 끝에 와 있다. 두꺼운 유리판 세 개가 빛과 우리
사이에 자리한다. 세 편의 농후한 시간이다. 과거 쪽엔,
우리의 삶 아주 멀리까지 드리워진 부모의 그림자가
있다. 현재 쪽엔, 우리가 취하는 행동들의 그림자와 거
기서 분비되는 화석화된 자신의 견고한 이미지가 있
다. 아시시의 프란체스코는 그 두 그림자를 고갈시킨
다. 상처 입지 않기 위해 그 두 유리판을 힘차게 통과한
다. 그리고 마지막 시련이 남는다. 조만간 닥칠 미래 쪽

에 자리한 최종적인 어둠, 죽음에 대한 두려움. 마지막 순간 장애물을 뛰어넘기를 거부하는 말처럼, 그 앞에 선 성인들조차 반항할 수 있는 두려움이다.

우리의 누이인 죽음을 주신 주님, 찬미 받으소서.

프란체스코는 그를 데리러 온 그림자 쪽으로 자신의 사랑을 아주 멀리까지 투사함으로써 마지막 장애물을 제거한다. 마치 투사가 적의 어깨를 붙잡고 포옹해 상대를 제압하듯이.

우리의 누이인 죽음을 주신 주님, 찬미 받으소서.

그렇게 말해진 대로, 이루어진다. 이제 생명 자체와 그의 생명 사이엔 아무것도 없다. 그와 그 사이엔 아무것도 없다. 과거도 현재도 미래도 없는, 지극히 낮으신 하느님뿐이다. 갑자기 물처럼 사방에 흘러넘치는, 지극히 높으신 하느님이다.

남은 이야기, 그 나머지 이야기를 쓸 필요가 있을

까? 1226년 10월 3일 토요일에 종결되는 나머지 이야기를 말이다.

그는 깊은 생각의 마력에 끌린 듯 천천히 눈을 감는다. 너무도 깊은 생각에 끌려 숨을 죽인다.

아이가, 한 아이가, 뚜렷한 이유도 없이 놀이를 중단한다. 아이는 갑자기 창백해진 모습으로 꼼짝 않고 말없이 그곳에 남아 있다. 아이의 얼굴엔 미소만 감돈다.

추한 이미지, 거룩한 이미지

Image sale, image sainte

13세기엔 상인과 사제와 군인 들이 있었다. 오늘날은 상인들뿐이다. 사제들이 그들 교회에 있듯, 상인들은 자신들 가게에 있다. 군인들이 그들 병영에 있듯, 상인들은 자신들 공장에 있다. 상인들은 그들이 지닌 이미지에 힘입어 세상 속으로 퍼져 나간다. 담벼락 위에서, 화면 속에서, 지면에서 그들을 찾을 수 있다. 이미지야말로 그들이 피우는 향이며 그들의 검이다. 13세기는 사람들의 마음에 대고 말했다. 자신의 말이 들리도록 하기 위해 목청을 돋울 필요가 없었다. 중세의 노래들은 눈雪 위에 떨어지는 눈송이만큼이나 조용조용하다. 그러나 오늘날은 사람들의 눈目에 대고 말한다. 시각은 가장 불안정한 감각인 만큼, 소리를 질러 대지 않으면 안 된다. 강렬한 빛들과 현란한 색채들로 소리를 질러 댄다. 명랑하기 때문에 절망적인 이미지들, 일체의 그림자와 고통이 제거되어 깨끗하기 때문에 추한 이미지들로 소리를 질러 댄다. 비통할 만큼 명랑한 이미지들이다. 20세기는 상품을 팔기 위해 말을 하는데, 그러려면 눈을 만족시켜야 한다. 만족시킴과 동시에 장님이 되게 해야 한다. 현혹시켜야 한다. 그러나 13세기는 팔아야 할 상품이 훨씬 적다. 하느님에겐 가격을 매길 수 없고, 상품 가치로 치면 무수한 눈송이 위에 내리는 한 송이 눈에 불과하다.

　신문에 실린 사진이었다. 기사를 읽으면서 비로소 당신은 그걸 볼 수 있었다. 세상은 눈이 아닌 혀로 건드리는 것이니까. 기사는 무얼 이야기하고 있었나? 20세기 말 아무 데서나 있을 수 있는 일, 어느 한 나라의 일을 언급하고 있었다. 어딜 가나 돈이 있다. 돈으로 황폐해진 세계가 있다. 이 나라에서, 어쩌면 다른 나라들보다 조금 더 황폐해진 이 나라에서, 기자는 어느 거지 가족의 하루, 그들의 하루 일과를 묘사하고 있다. 그들은 대도시의 한 가난한 동네에 산다. 주민수가 이천만 혹은 삼천만인 글로벌 도시들 가운데 하나, 상품과 사람과 피와 금과 진흙이 넘쳐 나는 그런 도시들 가운데 하나다. 이 가족이 수십 킬로미터를 걸어가는 모습이 보인다. 그들은 가난한 동네에서 부자 동네로, 쓰레기통에서 건져 낸 물건들로 점점 더 차오르는 짐수레를 밀고 간다. 그런데 당신의 눈길을 끈 말이 있다. 보라고 쓰인 말, '폐기물'이라는 말. 처음엔 쓰레기통의 내용물을 지칭했던 이 말이 이젠 거기서 먹을 걸 찾는 이들까지 차츰 오염시킨 것이다. 기사에 씌어 있는바, 이 나라에선 기자들과 경찰관들과 심지어 사회학자들까지 결국 거지들을 '폐기물'로 지칭하게 되었다. 말은 그냥 그렇게 생겨나는 게 아니어서, 이 유령 같은 사람들과 그들의 손수레에 맞선 경찰의 대응을 두고 기사는 '사회 정화'의 유용성을 들먹인다. 언어는 준엄하다. 언어와 법은 무서울 만큼 준엄하다. 어쨌거나 이 '폐기물들'을 '쓸어 내는 것' 말고 달리 방도가 있을까? 돈에도, 돈이 선사하는 방부 처리된 유쾌함에도 별 도움이 안 되는 부적절한 존재들을 쓸어 내어 세상을 '정화'해야 할 밖에.

당신은 신문에서 사진을 오려 두었다. 멋진 가족사진이다. 전경에 아버지와 어머니가 있고, 그 주위로 이

상할 만큼 표정이 밝고 환한 아이들 십여 명이 있다. 왜
이 사진을 보관하고 있는지 당신도 잘 모른다. 신문의
덧없는 속성과 함께 사진이 사라져 버리는 걸 막기 위
해서, 혹은 다음날의 망각으로부터 구해 내기 위해서
일 수도 있다. 아니면 웃음 짓는 이 얼굴들을, 환히 빛
나는 오물들의 이 끈질긴 현존을 당신 곁에 붙잡아 두
기 위해서일까? 그런데 며칠이 지나서야 그 일이 일어
났다. 며칠이 지나고서야 당신은 마침내 아이들 무리
뒤에 있는 – 사진 기사의 눈에는 분명 띄지 않았을 – 천
사를 알아보았다. 아이들 그림자 속에 든 그를 알아보
려면 눈을 아주 가늘게, 거의 감다시피 떠야 한다. 몹시
예리한 시각이 되어야 한다. 그는 사진기 렌즈를 바라
보지 않는다. 마음이 온통 다른 곳에 가 있는 그는 쓰레
기통 위로 몸을 기울인 채 행여 무어라도 찾아낼지 몰
라, 부스러기 하나라도 건질지 몰라, 그 안을 뒤지느라
정신이 없다. 동시에 당신은 또 다른 존재를 발견한다.
이번엔 사진의 뿌연 원경으로 멀찌감치 밀려나 있어
거의 눈에 띄지 않는다. 아이들과 짐수레와 천사를 쫓
아가며 세 발자국 뒤에 나른한 모습으로 자리한 그것.
다름 아닌 토비트의 개다. 그의 모습에는 기쁨이 배어

있다. 미칠 듯한 기쁨. 장사꾼의 쾌활함과는 반대되는 기쁨.

바로 이 순간, 당신은 자신이 무엇 앞에 있는지 이해했다. 옴에 걸린 한 마리 더러운 개한테서 번져 나는 이 기쁨을 목격하며 당신은 알 수 있었다. 흔히 말하는 '거룩한 이미지'를 앞에 두고 있다는 것을.

성 프란체스코, 가난한 자의 얼굴

역자 후기 • 이창실(번역가)

하느님을 노래한 음유 시인이며 가난한 이들의 친구, 동물들의 수호성인이기도 한 프란체스코. 1181년 이탈리아의 아시시에서 태어난 그는 13세기 초 청빈을 신조로 '작은 형제회'를 조직하고 세속화된 로마 가톨릭교회 내부의 개혁 운동을 이끈 탁발 수도승이다. 우리에겐 무엇보다 〈평화의 기도〉와 〈태양의 노래〉로 기억되는 성인. 리스트는 그의 삶에 감복해 〈새들에게 설교하는 아시시의 성 프란체스코〉를 작곡했고, 그의 삶을 연작 벽화로 그린 조토의 그림을 통해서도 우리에게 몹시 친근한 성인이다.

이 프란체스코 성인의 삶을 다룬 『지극히 낮으신』은 원제가 'Le Très-Bas'인데, 이것은 '지극히 높으신 하느님'을 뜻하는 'Le Très-Haut'와 대응하는 '지극히 낮으신 하

느님'으로 번역될 수 있다. 본문은 구약성서의 〈토비트
서〉에 등장하는 개에서 출발한다. 〈토비트서〉에는, 토
비아와 천사가 길을 떠날 때 개 한 마리가 그들의 뒤를
따라간다고 되어 있다(6장 1절). 이 개는 한참 동안 종적
을 감추었다가 난데없이 이야기 말미에 이르러 여전
히 그들을 따라가고 있음이 또 한 차례 암시된다(11장
4절). 보뱅은 성서 속의 이 개를 『지극히 낮으신』의 첫
문장 안으로 초대하는데, 이 책 속에서도 개는 금세 모
습을 감추고 보이지 않다가 마지막에 옴에 걸린 모습
으로, 미칠 듯한 행복의 표상으로 다시 등장한다.

이 책에서 보뱅은 성 프란체스코의 생애를 객관적
으로 나열하거나 교훈을 전달하려고 하는 대신 성인
의 삶에 끼어드는 사건과 장면들을 포착해 윤곽을 그
리며 가볍고 정확한 터치의 언어로 그 안에 담긴 은총
을 전달한다. 그리하여 짧은 숨결의 문장이 동심원을
그리며 물결처럼 다가와 우리 안에 스며든다. 이 문장
을 타고 한 젊은이의 결단과 세상과의 결렬이 언급된
다. 그가 비싼 대가를 치르고 찾은 하느님은 삶을 평화
롭게 하기보다 불편하게 하는 하느님이다. 세상에 너

무나 잘 적응하고 있어 아예 존재하지 않는 거나 다름 없게 된 사람들이 추구하는 '안전'과는 양립할 수 없는 하느님이다. 성자의 죽음은 아주 짧게, 침묵에 가까운 언어로, 노래로, 표현된다. 그리고 마지막 장에 이르면 성 프란체스코는 사라지고 돌연 무대는 우리가 사는 오늘로 옮겨져 〈토비트서〉의 개가 가난한 사람들 곁에서 불쑥 모습을 드러낸다. 아이와 천사와 개가 다시 나란히 등장한다.

아이. 삶을 제대로 보려면 우리가 익숙히 알고 있는 많은 것을 잊어야 하고, 미지의 세계 앞에 선 어린아이의 시선이 되어야 할 것이다. 경이를 목격하고 무한한 가능성의 지대를 감지하려면 어린아이의 맑은 눈이 필요하다.

천사. 이 천사를 만나려면 주변의 잡다한 것들을 치우고 숨을 죽이고 바라보는 '정지'가 있어야 한다.

그리고 이들을 따라가는 아주 미미한 존재인 개. 아시시의 성자 프란체스코. 가난한 자만이 누릴 수 있는 단순한 기쁨이다.

저자가 들려주는 성인의 삶을 따라가다 보면 이 '기쁨'이라는 키워드가 되풀이되어 나온다. 진리는 바로 기쁨이라는 것. 무언가가 우리에게 주는 기쁨, 바래지 않는 기쁨이라는 것. 그런데 프란체스코는 가난한 자들에게서, 나환자들에게서, 기쁨이 가 닿을 수 없는 삶의 지점을 발견하며 마지막 저항을 느낀다. 한 가지를 제외할 수밖에 없는 기쁨은 무無에 불과함을 알기 때문이다. 사람들이 찾기도 하고 잃기도 하는 행복과는 무관한 기쁨이어야 함을 그는 안다. 그러므로 진리는 낮은 곳에 있고 충족보다는 결핍 속에 있음을, 프란체스코는 본능적으로 감지한다. 이 지점에서 우리는 '기쁨'의 놀라운 정의를 듣게 된다. 비가 내리는 밤, 배가 고픈 나는 내 집 문을 두드리며 내가 왔다고 말하지만 아무도 문을 열어 주지 않는다. 나는 문 앞에서 비를 맞으며 굶주린 채 밤을 보낸다. 기쁨이란 바로 그런 것이다! 보뱅은 이 기쁨이 성스럽다고 말한다. 성스러움이란 기쁨이라고. 누군가를 두고 성스럽다고 하는 건, 그가 자신의 삶을 통해 경탄할 만한 기쁨의 전도체임을 드러냈다는 의미에 지나지 않는다고.

프랑스어에는 흐름, 경과, 도망, 탈주, 누수…… 라는 의미를 지닌 fuite라는 단어가 있다. 그런데 보뱅의 책을 읽고 있으면 바로 이 단어가 떠오른다. 공기처럼 가벼운 그의 글들은 정체되지 않고 끊임없이 흘러가는 무언가를 노래한다. 사랑의 속성이 그렇듯, 이해하려고도 붙잡으려고도 하지 않고, 간접적으로 측면에서 포착한 것들을 침묵 속에서 불꽃처럼 터뜨린다. 자유롭고 경쾌한, 최소한의 헐벗은 말들로 이어지는 문장들에서 우리는 오히려 꽉 찬 느낌을 받게 되는데, 이것이 그의 글의 신비한 마력이다. 그러고 보면『지극히 낮으신』이 갈리마르에서 출판되고, 그것도 문학성 짙은 작품들로 꾸며진 'L'un et l'autre' 시리즈에 끼어 있음도 우연이 아니다(국내에 번역되어 있는 미셸 슈나이더의〈글렌 굴드, 피아노 솔로〉와 실비 제르맹의〈프라하 거리에서 울고 다니는 여자〉가 이 시리즈에 속한다).* 1993년 프랑스에서 되마고상Prix des Deux Magots과 가톨릭 문학대상Grand Prix Catholique de Littérature을 받은 책이기도 하다.**

---

* 보뱅의『그리움의 정원에서』와『흰옷을 입은 여인』역시 같은 시리즈의 책들이다.

** 『지극히 낮으신』은 2008년 역자의 번역으로 출간된『아시시의 프란체스코』의 개정판이다.

옮긴이 **이창실**

이화여자대학교 영어영문학과를 졸업하고, 프랑스 스트라스부르대학 응용 언어학 과정을 이수한 뒤, 이화여자대학교 통번역대학원 한불과를 졸업했다. 이스마일 카다레와 실비 제르맹의 소설들을 비롯해, 크리스티앙 보뱅의 『작은 파티 드레스』『흰옷을 입은 여인』등을 우리말로 옮겼다.

지극히 낮으신
크리스티앙 보뱅

1판 1쇄 2023년 8월 17일

지은이	크리스티앙 보뱅
옮긴이	이창실
펴낸이	신승엽
편집	신승엽
사진·디자인	신승엽

펴낸곳	1984Books (일구팔사북스)
주소	전북 익산시 창인동 1가 115-12
전자우편	1984books.on@gmail.com
팩스	0303.3447.5973
SNS	www.instagram.com/livingin1984

ISBN	ISBN 979-11-90533-40-9 03860

1984BOOKS